CW00341203

DIE
HEILIGE KÜHE

Und andere
Indische Geschichten

Erschienen bei
Prakash Books India Pvt. Ltd
113/A, Daryaganj, New Delhi 110 002
Tel: 91-11- 2324 7062-65. Fax: (011) 23246975
E-mail: sales@prakashbooks.com
www.prakashbooks.com

Neudruck 2020
Erstausgabe 2002
Zweite Auflage 2009

© Prakash Books India Pvt. Ltd
© Fotos und Text Tarun Chopra
Landkarten und Illustrationen: Tarun Chopra
Miniaturmalerei mit freundlicher Genehmigung von Channi Textiles
Tantrische Silberfiguren mit freundlicher Genehmigung von Gem Palace
Lektor: Roger Alexander
Gestaltung: Yogesh Suraksha Design Studio

Alle Rechte vorbehalten.
Kein Teil dieses Werkes darf reproduziert oder in irgendeiner
Form ohne vorherige Erlaubnis des Verlages verbreitet werden.
ISBN : 978-81-7234-184-8
Druck: Thomson Press (India) Ltd.

Titel der englischen Originalausgabe: Holy Cow and Other Indian Stories
Aus dem Englischen von Simone Preuß

DIE
HEILIGE KÜHE

Und andere
Indische Geschichten

TARUN CHOPRA

Prakash Books

AN MEINEN ELTERN
HERR. NARINDER NATH CHOPRA
FRAU. CHAND CHOPRA

INHALT

HEILIGE KÜHE

Ein Anhänger betet zur Heiligen Kuh (*Gau Mata*) im Tarkeshwar Tempel in Jaipur (oben); ein heiliger Brunnen stellt den Gaumukh in Galtaji in der Nähe von Jaipur dar (gegenüberliegende Seite, Mitte); ein gewöhnlicher Anblick auf indischen Straßen (gegenüberliegende Seite, unten)

Das Reisen auf indischen Straßen kann eine ebenso beeindruckende Erfahrung sein wie ein Besuch der berühmten Sehenswürdigkeiten des Landes, seine ate-mberaubende Natur und die Fertigkeiten seiner Kunsthandwerker, deren Fachkenntnisse von Generation zu Generation weitergegeben werden.

Für Besucher ist das Fahren auf indischen Strassen in der Tat eine haarsträubende Erfahrung, denn motorisierte Fahrzeuge konkurrieren mit von Tieren und Menschen geschobenen Karren darum, von Punt A nach Punkt B zu gelangen.

Der ehemalige amerikanische Botschafter in Indien, Daniel Moynihan, nannte es 'funktionelle Anarchie'. Präziser hätte er es kaum ausdrücken können. Während die Leute in den Vereinigten Staaten auf der rechten Fahrbahn bleiben und in Großbritannien auf der linken, so scheinen sie in Indien überall zu fahren. Und Fußgänger können das Weite suchen. Natürlich tragen aber auch Fußgänger, gewitzt, wie sie nun einmal aufgewachsen sind, auch ihr Scherflein dazu bei, das Chaos zu vergrößern. In Anbetracht der chaotischen Verkeh-rszustände suchen die Leute zum Beispiel nie nach einem Zebrastreifen, selbst wenn einer da ist, um die Straße zu verzieren.

Und Besucher, die denken, dass Autofahrer für sie anhalten würden, nur weil sie die Straße auf einem Zebrastreifen überqueren, werden eine unangenehme Überraschung erleben - in Indien stoppt der Verkehr für keinen, noch nicht einmal am Zebrastreifen. Indien ist ein Dschungel, auch ohne Zebras.

Die Faustregel zum Überqueren indischer Straßen ist erst nach rechts zu schauen, dann nach links und dann um sein Leben über die Straße zu rennen, bevor einen jemand oder etwas über den Haufen fährt. Es ist einem Computerspiel ähnlich, wobei der einzige Unterschied ist, dass es nicht in virtuellen Realität stattfindet, sondern im wirklichen Leben. Kein Wunder also, dass die Inder so fest an die Reinkarnation, das Leben nach Tod, glauben.

Inmitten dieses Tollhauses schlendert gelassen ein Wesen herum, welches das Durcheinander gar nicht wahrzunehmen scheint - die heilige Kuh. (Und wie es nun mal mit heiligen Dingen in Indien so ist, werden Frauen und Kühe in gleichem Maße verehrt.)

Kühe scheinen sich meistens in der Mitte der Straße am wohlsten zu fühlen. Sie versammeln sich an Ampeln, so dass man glaubt, sie wollten dem Verkehrspolizisten helfen! Natürlich ist das nur die halbe Wahrheit. Was tun die Kühe also wirklich mitten auf indischen Straßen? Warum sind sie nicht auf dem Bauernhof, wo sie hin gehören? Natürlich leiden sie nicht unter dem Rinderwahn, denn es scheint eine Me-thode hinter ihrem augenscheinlichen Wahnsinn zu stecken. Neuen Studien zu Folge scheinen indische

Kühe stark befahrene Straßen zu bevorzugen, da die Abgase, die Busse (und Lastwagen, Autorikschas und Traktoren) ausstoßen, Fliegen fernhalten, und gleichzeitig die toxischen Abgase die Kühe in einen Rauschzustand versetzen. Das ist es eine typisch indische Lösung für ein leidiges Problem.

In Indien sind alle Tiere heilig, obwohl die Einstellung der meisten Leute Tieren gegenüber einen anderen Eindruck vermittelt. Und in dieser Ruhmeshalle heiliger Tieren überragt die Kuh alle anderen. Dieses gutmütige Rind, auch als *Gau Mata* oder *Mutterkuh* bezeichnet, nimmt einen besonderen Platz in der indischen Psyche ein.

Lange bevor die Pharaonen die Pyramiden bauten, Hammurabi Gesetze verfaßte oder die Chinesen das Papier erfanden, hatten die Inder ihre nomadische Existenz aufgegeben, die noch ein Kennzeichen afrikanischer, europäischer, amerikanischer und anderer asiatischer Völker war - und bereits eine land-

wirtschaftlich geprägte Zivilisation gegründet, die nicht nur benachbarte Städte, sondern auch Reiche unterstützte. Obwohl die Maharadschas angefangen hatten, Münzen zu prägen, die in den Städten in Umlauf gebracht und hauptsächlich von Händlern verwendet wurden, war auf dem Land Geld noch nicht in Mode, sondern wurde Reichtum noch durch die Anzahl der Kühe, die eine Familie besaß, gemessen.

So wurde die einfache Kuh zum gesetzlichen Zahlungsmittel, die gegen Waren und Dienstleistungen ausgetauscht, bei

Hochzeiten stolz als Mitgift präsentiert und widerwillig abgegeben wurde, um Steuerverpflichtungen nachzukommen. Und *Gaudan*, Priestern der Brahmanenkaste Kühe zu schenken, galt als die frommste aller Zeremonien, da die Erlösung garantiert wurde, eine Art, Ersatzkarma' also.

Außer um sich den Steuereintreiber vom Hals zu halten, die Aussteuer der Tochter zu schmücken oder monatliche Rechnungen zu begleichen, war Kuhmilch auch die Hauptnahrungsquelle der enormen Bevölkerung des Landes. Außerdem kurbelte die Kuh die Wirtschaft auf verschiedene Weisen an.

Zum einen werden Kuhfladen auch heute noch als Brennstoff verwendet. Mit Heu gemischte, zu Briketts geformte und dann in der Sonne getrocknete Kuhfladen wärmen nicht nur Kamin und Haus, sondern lassen auch das Küchenfeuer für fast drei Viertel der Landbevölkerung Indiens brennen. Mit Ton gemischter Kuhmist ist ein wahres Wundermaterial zum

Eine traditionelle Miniaturmalerei zeigt festlich geschmückte Rinder (gegenüberliegende Seite); eine Frau betet 'Nandi', den Stier an, Shiva bevorzugtes Fortbewegungsmittel (gegenüberliegende Seite, unten); eine Kuh grast auf einer Straße in Jaisalmer; ein Verkehrsschild empfiehlt Autofahrern, im chaotischen Verkehr ruhig zu bleiben (unten)

Verputzen von Hütten, das das Kehren von Fußböden erleichtert und gleichzeitig als wirksames Insektenmittel fungiert. Kein Wunder also, dass der umweltfreundliche und kostengünstige Kuhmist schon seit Jahrhunderten in diesem Teil der Welt so beliebt ist!

Da Inder jedoch im Großen und Ganzen Vegetarier sind (und Rindfleisch strikt verboten ist), ist die Kuh, in Anbetracht ihres selbstgerechten Status, für ihr Fleisch selten ausgenutzt worden. Der Nachteil des Kultstatus der Kuh ist jedoch, dass, sobald sie aufhört, Milch zu geben, ihr Eigentümer es politisch korrekt findet, die unglückliche Kreatur auf die Straße zu verbannen statt sie ins Schlachthaus zu schicken. Hindus glauben auch, dass, sollte eine Kuh in ihrem Haus sterben, ihr Eigentümer eine Pilgerfahrt zu allen heiligen Städten Indiens unternehmen muss, um für diese Sünde zu büßen. Desweiteren muss er nach seiner Rückkehr die Brahmanen seines Dorfes verköstigen. Statt von

diesem doppelten Schlag getroffen zu werden, ist es daher eine bequeme und kostengüstige Alternative, Kühe einfach auf die Straße loszulassen.

Sind sie tatsächlich erst einmal auf der Straße, hungern Kühe kaum. Jedes Mal, wenn eine Mahlzeit in einem hinduistischen Haushalt gekocht wird, wird das erste *Roti* (ungesäuertes Brot) speziell für die Kuh zum Ver-zehr draußen vor die Tür gelegt. Und einer auf der Straße entdeckten Kuh werden vor der eigenen Tür verschiedene Köstlichkeiten zum Fraß angeboten, um die Götter milde zu stimmen. An günstigen Tagen des Hindu-Jahres werden umherziehenden Kühen Süßigkeiten und Gras aus Gläubigkeit angeboten.

Laut Mythologie war die achte Verkörperung des Gottes Vishnu (es hat bis jetzt neun gegeben) der Gott Krishna, der in einer Hirtenfamilie aufwuchs. Während er auf seine Herde Kühe aufpasste, soll er Flöte gespielt haben, um sie bei Laune zu halten. Deshalb wird er auch

Gopal genannt - einer, der sich um die Kühe kümmert. Es ist also kein Wunder, dass dem Versorgen von Kühen religiöse Heiligkeit beigemessen wird.

Tatsächlich steht in einem der ältesten heiligen hinduistischen Texte, den Puranas, dass unter den wertvollen Dingen, die das Peitschen der Ozeane bei der Entstehung hervorbrachte, *Kamdhenu* war, die Kuh, die alle Wünsche erfüllt. Inder glauben, dass jede Kuh eine Kamdhenu-Kuh sei.

Kein Wunder also, dass es Tausende von Erzählungen gibt, die die Bedeu-tung der Kuh preisen. Eine der beliebteren erzählt von einem mächtigen König im alten Königreich von Pataliputra, der alles hatte - Reichtum, Berühmtheit, Verstand. Das einzige, was im Leben dieses mächtigen Königs fehlte, war ein Sohn, ein Thronfolger. Als der Wunsch nach einem Sohn immer stärker wurde, bat der König seine Königin, ihn bei einem Besuch ihres Gurus zu begleiten, der tief im Dschungel lebte.

Der Guru, der mit übernatürlichen Gaben gesegnet war, kannte sofort den Grund für den Besuch des Königs. "Eure Majestät," informierte er den König, "einmal, als Ihr nach dem Gebet vom Tempel zurückkehrtet, habt Ihre eine Kamdhenu-Kuh nicht beachtet, die draußen vor dem Tempel stand. Diese Kuh hatte magische Kräfte. Wenn Ihr einen Sohn zeugen wollt, müsst Ihr Euch um eine Kuh

kümmern." Der König stimmte aufrichtig zu. "Es liegt ein hoher Verdienst darin, sich um Kühe zu kümmern. Ich werde mich um jede Kuh kümmern, die Ihr mir zuweist," antwortete der König. Der Guru wies ihn an: "Kümmert Euch um die Kuh, die weiß wie Milch ist."

Und so kam es, dass der König seine ganze Energie der Pflege einer weißen Kuh im Ashram des Gurus widmete. Er führte sie am Morgen zur Weide und blieb bei ihr, bis es Dunkel wurde. Er fütterte sie, gab ihr Wasser und verscheuchte die Fliegen. Nach seiner Rückkehr zum Ashram am Abend übernahm die Königin, fütterte die Kuh mit Gras, gab ihr Wasser und betete sie jeden Morgen und jeden Abend an. Sie zündete Öllampen und Räucherstäbchen an und brachte ihr frische Blumen von den Sträuchern in der Nähe. Der König schlief auf dem Fußboden im Stall bei der Kuh. Wochen vergingen und das Königspaar widmete sich weiterhin der Pflege der Kuh.

Eines Tages wurde die Kuh beim Grasen von einem Tiger angegriffen. Als der König das sah, war er verzweifelt. Er faltete seine Hände vor dem Tiger und bat ihn, die Kuh in Ruhe zu lassen. Der Tiger antwortete, "Eure Majestät, ich diene der Göttin Durga und muss ihr meine Beute bringen." Der König fiel auf die Knie und bat den Tiger eindringlich, die Kuh zu verschonen und stattdessen sein Leben zu nehmen. Angesichts seiner Ergebenheit überschüttete die Göttin den König mit Blumen und die Kuh, die eine heilige Kuh war, sagte, "Mein Herr, steht auf. Der

Tiger war nur eine Illusion, die ich herauf-beschworen habe, um Eure Ergebenheit zu testen." Die Kuh bat dann den König und die Königin, etwas Milch als heilige Darbringung zu trinken und innerhalb eines Jahres wurden sie mit einem Sohn gesegnet.

Solche Erzählungen gibt es reichlich und die Tradition der Anbetung der Kuh

schaft mit Respekt behandelt wird. Doch ist es nicht nur die Kuh, die in Indien als heilig gilt. Affe, Kobra, Stier und Pfau sind andere Wesen, die von den Hindus vere-hrt werden, da jedes von ihnen mit dem einem oder anderen Gott verbunden wird.

Die Kuh aber nimmt einen Ehrenplatz ein. So sehr, dass es heute sogar Hunderte von Organisationen gibt, die sich dem

Kühe sind ein integraler Bestandteil Indiens und man kann alle möglichen Rinderrassen und Kühe in allen Größen sowohl auf den Straßen der Städte sowie als auch auf den Autobahnen sehen. Ein Zeitungsartikel berichten von der Absicht einer Gruppe, die Kuh zum nationalen Tier zu machen (unten).

wurde sogar bis heute bewahrt. Ein weiterer Grund, warum die Kuh als heilig betrachtet wird, beruht auf dem Glauben, dass Hindus den Himmel nur erreichen kön-nen, wenn sie beim Überqueren eines mythologischen Flus-ses den Schwanz einer Kuh festhalten. Außerdem beinhaltet die Zeremonie zum Übergang der Seele eines Toten in den Himmel die Spende einer Kuh an einen Brahmanen-Priester.

Diese Einstellung hat sichergestellt, dass die Kuh in der hinduistischen Gesell-

,Schutz der Kuh' gewidmet haben. Erst kürzlich haben sich einige dieser Gruppen zusammengeschlossen, um von der Regierung zu fordern, dass Indiens Nationaltier, der Tiger, durch die Kuh ersetzt werde! In den kommenden Jahren könnten sich die Behörden zur Zustim-mung gezwungen sehen. ◆

VHP wants cow a[s] national animal

SHARAD GUPTA
NEW DELHI, DEC 15

THE Vishwa Hindu Parishad (VHP) has [...]
Chuck the tiger, pick the cow. And they want to [...]
their own campaign.

The Sangh outfit wants to strip the poor ti[...] the na-tional animal. They want that distinction to go [...]

The demand will figure prominently at [...]anna Ma-hakumbha to be organised on Red Fort ground [...] VHP leaders are also likely to make up the issue at the three[-]day meeting of their apex body, Margdarshak Mandal at Rameswaram starting January 7.

The Parishad not only wants cow to replace tiger as the national animal but also demands complete closure of mechanised abattoirs and ban on ex-port of meat to protect cow. VHP leaders are confident of roping in various social and religious groups like Jain Samaj, Hindu Mahasabha and the Shiv Sena to build a mass movement. "No Hindu can dare to oppose our demand to save cow," said a senior VHP leader.

The move is likely to create fresh problems for the Atal Behari Vaj-payee government especially from its coalition partners, after the recent controversy over Ram Temple issue in Ayodhya.

The Bajrang Dal too at its three-day executive meeting beginning from January 5[?] in Bhopal, would vigorously take up the demand for the de-claration of cow as national animal. The meeting will be presided over by former CBI director, Joginder Singh, a VHP leader said.

ARRANGIERTE EHEN

Anders als die Leute im Westen nehmen die Inder die Einrichtung der Ehe sehr, sehr ernst. Südlich der Himalayas begegnen sich junge Männer und Frauen nicht in einer Märchenlandschaft, gehen nicht mit einander aus, verlieben sich nicht und entscheiden sich dann nicht, den Bund fürs Leben zu schließen. Natürlich ändern sich die Zeiten, aber schnelle Eheschließungen sind in Indien noch selten, denn es gehört mehr zur Ehe als das Austauschen von Girlanden.

In Indien kann ein junger Mann sogar jahrelang mit einem Mädchen ausgehen (oder umgekehrt), aber wenn es um den großen Schritt geht, muss alles stimmen - von Religion, Kaste und Subkaste, Lebensstandard, Sprache, Essgewohnheiten sogar bis zu den Horoskopen. Wenn es nicht passt, ist es das Ende einer möglichen Romanze. Und es gibt auch keine andere Lösung, denn die die Meinungen von Verwandten, Fre-

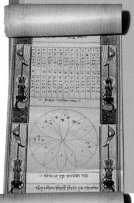

Eine Miniaturmalerei stellt die erste Nacht eines frisch verheirateten Paars dar (oben); ein traditionelles Horoskop (*Janampatri*), das zur Bestimmung des richtigen Partners dazu gehört (unten links); Heiratsanzeigen in Zeitungen und auf Werbeplakaten (gegenüberliegende Seite).

unden, Nachbarn, Genealogen, Priestern und Astrologen sind absolut notwendig, ehe ein junger Mann und eine junge Frau offiziell Mann und Frau werden können. Das ist ein Grund, warum die Scheidungsrate in Indien die niedrigste der Welt ist.

Besucher sollten nicht überrascht sein, wenn sie in den indischen Sonntagszeitungen Tausende von Heiratsanzeigen sehen, oft mit dem euphemistischen Titel 'Nützliche Nachrichten'. Da Heiraten ein ernsthaftes Geschäft ist, sind die Anzeigen unter den zwei Hauptüberschriften ‚Braut gesucht' und 'Bräutigam gesucht' ordentlich sortiert, speziell nach Religion, geographischer Region, Kaste und Subkaste, Beruf und *Manglik* (unter dem Einfluss des Mars Geborene - eine heikle Angelegenheit) des gesuchten Partners. In letzter Zeit sind noch zwei Kategorien unter der städtischen Jugend in Mode gekommen - NRI (non-resident Indian, also nicht-ansässige Inder) und Kosmopolit. Aber diese modernen Kategorien sind immer noch klein. Die große Mehrheit, einschließlich der Gebildeten, ist immer noch, aus verschiedenen Gründen, fest der Tradition verhaftet.

Nach indischem Recht ist es ungesetzlich, aufgrund von Religion oder Kaste zu diskriminieren. In Wirklichkeit billigen die meisten Leute das Kastenwesen aber noch. Kaste ist in allen Lebensabschnitten eines Hindus wichtig und um so mehr, wenn man (oder die Eltern) entscheidet, dass es Zeit sei, zu heiraten und eine Familie zu gründen. Im städtischen Umfeld ist Kaste immer weniger von Bedeutung, aber auf den Dörfern, wo achtzig Prozent der Bevölkerung Indiens leben, ist sie immer noch sehr wichtig.

Die alten heiligen Texte Indiens verze-

BACHELOR 37/5'7"
WELL SETTLED
BUSINESS
MALHOTRA FAMILY'S
ONLY SON
Bride's 30/ 32, 5'4",
fair, pleasing
personality, home
loving, tolerant,
caring, from
respectable family.
Call for quick
finalization.
Write To Box No.
BBG139Y Times Of
India, Mumbai-400001.

Alliance invited for
Punjabi Khatri boy
27/178 very Fair,
pleasing personality,
educated at premier
institutions, well
settled in own
communication
business in New
York, having annual
income of over USD
200,000 belonging
to highly reputed
business family
having industrial
establishments and
properties in Delhi,
Punjab, Haryana
and Rajasthan.
WRITE BOX NO.
FAY325R TIMES
OF INDIA,
NEWDELHI-110002.

Alliance invited for
USA based
U.P. Brahmin BOY
31/188 cm MBA
and MS (USA)
fair Athletic Built,
PROJECT
MANAGER IN
MULTINATIONAL
FIRM IN
AMERICA. FROM
TALL
fair beautiful well
educated
Professional girl
FROM STATUS
FAMILY
Send Biodata
Horoscope Photo
(R) to Write Box No.
DEP458C Times Of
India,
NewDelhi-110002.

ichnen vier Hauptkasten - Brahmanen (die Priester), Kshatriyas (die Krieger, einschließlich der herrschenden Aristok-ratie), Vaishyas (die Händler), und Shudras (die Unberührbaren, die niedrige Aufgaben ausführen). Diese Hauptkasten werden dann weiter in etliche Subkasten und Kategorien unterteilt. Indien ist auch Heimat vieler alter Stämme, aber diese Urvölker haben sich im Laufe der Jahrhunderte dem Kastenwesen unterworfen, obwohl sie sich außerhalb seiner Grenze befinden.

Während Indien seine ersten Schritte ins neuen Millennium macht, brechen Kastengrenzen jedoch bei der städtischen, gebildeten Jugend auf und die Heiratsanzeigen sind eine klare Anzeige dafür, wie die

1542
grooms
to choose from

TIMES
CLASSIFIEDS

Inder stattdessen verschiedene Berufe auf dem 'Heiratsmarkt' (ein in Indien durchaus häufig gebrauchter Ausdruck) bewerten. Es gibt einige Berufe, die eine erstklassige Stellung einzunehmen scheinen - Unternehmer, Ärzte, Ingenieure, Staatsbeamte (Bürokraten), Armee, Marine, Luftwaffe, Betriebswirte und Architekten. Die Eltern spielen eine sehr wichtige Rolle in Familienangelegenheiten und neigen dazu, die

unter dem Einfluss des *Mangal* (Mars) Geborenen.

Nicht-ansässige Inder sind Teil der großen Diaspora, die ihre Bindung zum Heimatland aufrechterhalten haben. Auch wenn sie seit ein paar Generationen andere Länder zu ihrer Heimat gemacht haben, wenn ein Kind der Familie ins heiratsfähige Alter kommt, schauen sie nach Indien - und die Heiratsannoncen - für

Bereits vor Beginn der Hochzeitsfeierlichkeiten wird die Braut von Kopf bis Fuß mit Schmuck bedeckt, wie in der Mogul-Miniaturmalerei (oben) gesehen werden kann; der Bräutigam erreicht das Haus der Braut zu Pferd (gegenüberliegende Seite, oben); und Gäste bei der Ankunft zur Gurmehar Majithia Hochzeit (gegenüberliegende Seite, unten). Dies sind einige typische Motive einer indischen Hochzeit.

Heirat ihrer Kinder gewöhnlich innerhalb derselben Berufsgruppe zu arrangieren. Ein Arztsohn zum Beispiel studiert in der Regel auch Medizin und wird wahrscheinlich auch eine Ärztin heiraten.

Von den verschiedenen oben erwähnten Kategorien möchten die Leser vielleicht mehr über die NRIs und die Mangliks wissen, also die

den richtigen Ehepartner. Diesen Maßnahmen wird zugestimmt, da jede indische Familie eine Verbindung innerhalb desselben kulturellen Hintergrunds sucht. Für diejenigen in Indien, die noch nicht ins Ausland abgewandert sind, steht NRI auch für den 'neuen reichen Inder' und so ist dieser deshalb auch entsprechend begehrt. Jedoch macht sich eine neue soziale Angst unter den ausgewanderten Indern breit, besonders in Nordamerika, wo gebildete, erwerbstätige Inder und ihre Familien sich am Scheideweg zwischen zwei kulturellen Einflüssen wiederfinden. Deshalb werden sie manchmal auch

unschmeichelhaft ABCDs genannt - American Born Confused Desi, in Amerika geborene, verwirrte *Desis* (von indischer Abstammung).

Das *Janampatri* (Horoskop) spielt eine wichtige Rolle in der Eheanbahnung. Ein Horoskop wird anhand der Zeit der Geburt des Kindes erstellt, komplett mit Details planetarischer Positionen und ihres Einflusses. Ein Horoskop verzeichnet auch 36 *Gunas* oder Eigenschaften jeder Person. Während der Eheanbahnung versuchen die Priester, die maximale Anzahl von Eigenschaften der Horoskope zweier Menschen zu vergleichen, um den Kurs ihrer Ehe festlegen zu können.

Die unter einem schlechten Stern stehenden *Mangliks* sind eine weitere interessante Unterteilung der Heiratskategorien. Mangliks sind diejenigen, die Mars als ihren beherrschenden Planeten (Aszendent) haben, was als unglücklich gilt. Es ist für einen Manglik am besten, einen anderen Manglik zu heiraten, denn ein ungleiches Paar soll angeblich eher früher als später darunter leiden sollen.

Die meisten Zeitungsanzeigen erhalten eine enorme Anzahl von Antworten - tatsächlich Hunderte von Briefen, denen umfassende Hintergründe und Empfehlungen für die zu Verheiratenden sowie ihrer Familien beigelegt sind. Die großzügige Verwendung von Adjektiven wie 'klug', 'gut situiert', 'fünfstelliges Gehalt' für die zukünftigen Bräutigame und 'häuslich', 'Abstinenzlerin', 'aus guter Familie', 'zur Klosterschule gegangen', 'helle Hautfarbe' für zukünftige Bräute sind unerlässlich, um sonst eher langweilige Personen in den schillerndsten Farben zu malen.

Meistens nehmen die Eltern oder älteren Familienmitglieder, nicht die zukünftigen Partner, die Eheanbahnung vor und führen die Gespräche mit der 'Gegenseite'. Wenn die Eltern der Meinung sind, dass die Verhandlungen gut gelaufen sind, wird dem Paar erlaubt, ungefähr in der Mitte des gesamten Prozesses, sich, unter den wachsamen Augen ihrer Familien versteht sich, entweder in einer der beiden Wohnungen, einem Restaurant oder gar einem Tempel zu treffen. Diesen Treffen wird gewöhnlich weniger als eine Stunde gewidmet. Wie zu erwarten verläuft das Gespräch des verlegenen Paares mehr oder weniger nach einem festgelegten Muster. Junger Mann: "Namaste!"

Neena, eine indische Braut, mit Hochzeitsmakeup und -schmuck, wartet geduldig auf die Hochzeitsrituale (oben); Freunde und Familie des Bräutigams auf dem Weg zum Haus der Braut (links); Gurmehar und Saby Majithia schließen den Bund fürs Leben (gegenüberliegende Seite)

Junge Frau: (sittsam nach unten blickend und flüsternd) "Namaste!"
Junger Mann: "Wo haben Sie studiert?"
Junge Frau: "HR Universität."
Junger Mann: "Welches Fach?"
Junge Frau: "Englisch mit Auszeichnung."
Junger Mann: "Was sind Ihre Hobbys?"
Junge Frau: "Kochen, Malen und Sticken."
Junger Mann: "Musik?"

Junge Frau: "Ja".
Junger Mann: "Was lesen Sie gerne?"
Junge Frau: "Liebesromane."

(Die junge Frau bekommt natürlich kaum Gelegenheit, Fragen zu stellen.)

Die gleichberechtigteren Familien erlauben dem Paar inzwischen zum 'Mittagessen' in einem Restaurant auszugehen, aber die meisten anderen treffen ihre Entscheidung für oder gegen eine zukünftige Verbindung gewöhnlich auf der Grundlage dieses kurzen Tête-à-têtes. Obwohl zwar die Zustimmung der Braut oder des Bräutigams angestrebt wird, haben die Eltern jedoch das letzte Wort. Misslingt die Eheanbahnung, schickt eine der Familien eine Nachricht an die andere, dass die astrologischen Auswertungen des Paares nicht passten.

Die praktischen Dorfbewohner vermeiden jedoch diese zeitraubende Übung. Die älteren Familienmitglieder machen die Verbindung unter sich aus und der zukünftigen Braut und dem zukünftigen Bräutigam bleibt keine andere Wahl in dieser Sache. Sollten sich eine junge Frau oder ein junger Mann im heiratsfähigen Alters selbst für eine Liebesheirat außerhalb ihrer Kaste entscheiden, so wird die Familie vom Rest des Dorfes ausgeschlossen. Und angesichts der Bedeutung dieser Problematik auf dem Land kann das besonders verheerend sein.

Stimmen alle Beteiligten der Heirat zu, wird das Bündnis mit dem Austausch von Geschenken gefeiert. Der nächste Schritt betrifft das umstrittene Thema der Mitgift, die von der Familie der Braut zu bezahlen ist, obwohl diesem Brauch inzwischen rechtlich stark entgegengewirkt wird. Traditionell war die Mitgift das Erbteil, das eine Tochter aus ihrem Haus in das ihres Mannes mitbrachte, aber im

Laufe der Jahrhunderte ist dieses System dahingegen missbraucht worden, dass die Familie des Bräutigams das verlangt, was ihnen ihr junger Mann 'wert' zu sein scheint. Tatsächlich ist es nicht ungewöhnlich, Zeitungsberichte von Bräuten zu lesen, die schikaniert und manchmal sogar wegen unzureichender Mitgift getötet werden. Dieses wird gewöhnlich als Unfall in der Küche dargestellt. Jedoch sind Frauengruppen in den Städten äußerst wachsam geworden und Täter werden inzwischen streng bestraft.

Die finanziellen Ausgaben für alles - von der Mitgift bis zur aufwendigen Hochzeit - ist die Last, die der Vater der Braut tragen muss. Kein Wunder also, dass er sich in vielen Fällen bis über den Hals verschuldet. Tragen die Verhandlungen jedoch Früchte, wird ein Familienpriester (immer ein Brahmane) damit beauftragt, das Datum der Hochzeit festzulegen. Nach dem Berechnen der Positionen der Planeten und Sterne und ob die Götter 'wach' sind oder ‚schlafen' werden das günstige Datum und die Zeit für den großen Tag bestimmt. Einige Abschnitte des Jahres werden als günstiger als andere betrachtet, so dass die Familie andere Angelegenheiten verschiebt, um sicherzustellen, dass die Hochzeit innerhalb dieses Zeitrahmens stattfindet.

Einladungen mit dem Bild Ganeshas, dem Hindu-Gott, der Glück bringt, werden gedruckt und persönlich zugestellt, um sicherzustellen, dass die Eingeladenen sich geehrt fühlen. Die Zahl der Gäste hängt vom sozialen und finanziellen Status der Familie ab und kann zwischen fünfzig und fünftausend liegen. Die Hochzeit ist für jeden ein Riesenspaß, bis auf das Paar, das stundenlang langwierige Rituale über sich ergehen lassen muss.

Der Bräutigam reitet auf einer weißen Stute zu dem Ort, wo die Hochzeit stattfindet, und trägt mit Gold bestickte Kleidung. Die Seite des Bräutigams wird von einer lauten, gewöhnlich falschen Blaskapelle begleitet, die populäre Hindi-Filmmelodien schmettert. Die Familie und Freunde des Bräutigams tanzen praktisch den ganzen Weg zum Haus der Braut, wo die Zeremonie gewöhnlich stattfindet. Der als 'Baraat' (Hochzeitsgefolge) bekannte Umzug wird am Treffpunkt von der Familie der Braut traditionsgemäß mit Girlanden erwartet.

Der Hochzeitsort ist mit Blumen und Lichtern geschmückt. Der Bräutigam trägt einen 'Achkan', einen langen Mantel mit einem Mandarin-Kragen, während die Braut einen roten 'Sari' oder 'Lehenga' (traditionelle Kostüme) trägt, der mit echtem

Goldfaden bestickt und sie selbst mit feinem Goldschmuck ausgestattet ist.

Der Bräutigam und die Braut treffen sich auf einer erhobenen Plattform, wo sie Hochzeitsgirlanden (*Varmalas*) austauschen. Die Braut wird von ihren Schwestern, Cousinen und Freundinnen begleitet, die auch alle prächtig in Seide gekleidet und mit Schmuck ausgestattet sind. Das Paar empfängt die guten Wünsche der Familienmitglieder und Freunde auf diesem Podium. In der Zwischenzeit wird ein reichhaltiges Büffet aufgebaut wobei das Paar selbst erst isst, nachdem alle Gäste fertig sind.

Die eigentliche Zeremonie findet in einer als günstig bestimmten Stunde statt - nachdem die meisten Gäste schon gegangen sind - und nur in Gesellschaft der engsten Verwandten und Freunde. Zu dem '*Pheras*' genannten Ritual gehört, dass das Paar nach alter arischer Tradition ein heiliges Feuer siebenmal umkreist, während der Familienpriester vedische Hymnen rezitiert und die Götter einlädt, der Hochzeit beizuwohnen. Das Paar sitzt auf einer Seite des Feuers und die anderen drei Seiten werden von den Eltern und dem Priester eingenommen. Die Zeremonie wird nach der letzten der sieben Runden um das heilige Feuer, die von Mantra-Gesängen und dem Verstreuen von Rosenblättern begleitet wird, als feierlich begangen betrachtet.

Die Zeremonie kann von eineinhalb bis drei Stunden dauern. Sofort danach ist es für die Braut Zeit, ihrer Familie auf Wiedersehen zu sagen, und da sie sich in das Haus eines Fremden begibt, ist das von viel Weinen und Gezeter begleitet. Manchmal werden professionelle 'Trauerer' angestellt, um den Eindruck des Verlustes hervorzuheben, den die Familie der Braut

öffentlich demonstrieren will. Da Frauen noch von den Männern in ihren Leben finanziell abhängig sind, schließt die Abschiedszeremonie der Braut ein, von dem Haus Abschied zu nehmen, in dem sie aufwuchs, in das sie aber als Mitglied der Familie nie mehr zurückkehren wird, da

sie an jemand anderen weggegeben wurde. Die Jungverheiraten fahren zusammen mit der Familie des Bräutigams in einem blumengeschmückten Auto oder einer Sänfte (*Doli*) davon.

Zu diesem Zeitpunkt sind sowohl die Braut als auch der Bräutigam erschöpft und siechen unter dem Gewicht ihrer herrlichen Kleidung dahin. In aller Wahrscheinlichkeit wurde der Bräutigam von Mitgliedern der Familie der Braut spielerisch schikaniert, denen er ein ‚Lösegeld' zahlen musste, um seine Schuhe wiederzubekommen, die er während der Zeremonie vor

Der Bräutigam kommt mit seiner neuen Braut gewöhnlich erst in den frühen Morgenstunden nach Hause. Nach der Ankunft wird eine weitere Anzahl von Ritualen durchgeführt und dann wird das Paar zu einem Zimmer begleitet, wo ein Bett, mit Rosen- und Jasminblüten bestreut, speziell vorbereitet wurde. Begleitet von gutartigen Zoten, werden sie hier schließlich alleine gelassen, wahrscheinlich zum letzten Mal in ihrem Leben.

Ein Glas Milch, mit Aphrodisiaka angereichert, steht auf dem Nachttisch für den Bräutigam bereit. Um die als *Suhaag*

Ein emotionaler Moment für die frisch gebackene Braut, die das Haus ihrer Eltern nach der Hochzeit verlässt. Die Braut wird in einem geschmückten Auto oder einer Sänfte zum Haus ihres Mannes gebracht. Hier tritt sie einen neuen Lebensabschnitt an und muss sich dem Leben eines Mannes, den sie kaum kennt, und seiner Großfamilie 'anpassen'.

dem heiligen Feuer ausgezogen hatte. Der ganze Ablauf ist so langwierig und langsam, dass es kein Wunder ist, dass der Bräutigam oft scherzt, dass er die Zeremonie niemals wieder in seinem Leben durchmachen möchte.

Raat bekannte erste Nacht als Mann und Frau, diese hoch ritualisierte Vollziehung der Ehe, rankt sich eine umfassende Kultur. Und nach der Geburt des ersten Kindes beginnt der gesamte Prozess, das Kind auf die Ehe vorzubereiten, noch einmal von vorne. ◆

DIE GROß ARTIGE INDISCHE BÜROKRATIE

Das Leben jedes Inders ist in ein bürokratisches Gewirr verstrickt, egal, ob es um die Stromgesellschaft oder die Telefonbehörde geht. Ein Stromverteiler mit Kabeln in Delhi verdeutlicht den Zustand der wichtigsten Dienstleistungen wie Elektrizität und Telefon (links und unten). Indien gibt mit den besten Softwarefachleuten der Welt an, braucht aber Stunden, um ins Internet zu kommen. Die Telefonzentrale eines Internetanbieters (gegenüberliegende Seite).

Gäbe es eine olympische Goldmedaille für den Umgang mit Bürokratie würde jeder Inder meilenweit vorne liegen. Dank der großartigen indischen Bürokratie sind die Bürger der größten Demokratie der Welt tatsächlich Weltmeister in der Kunst des Umgehens von Bürokratie geworden. Und sie gehen wirklich meilenweit!

Für jemanden, der unser großartiges Land besucht, offenbaren sich die exzentrischen Wege der Bürokratie bereits am Flughafen, wo es sich nur langsam fortbewegende Warteschlangen gibt, um verschiedene Dokumente, keine Dokumente, Gepäckanhänger und so weiter ohne Hand und Fuß abstempeln zu lassen. Während es für Besucher verzeihlich ist, herausfinden zu wollen, warum um Gottes Willen alles abgestempelt werden muss, kann man sich die Notlage Normalsterblicher vorstellen, die Spießruten laufen müssen, um sogar die grundlegendsten Einrichtungen in Anspruch zu nehmen.

DER FALL DES KAPUTTEN TELEFONS

Lassen Sie mich Ihnen von meiner Begegnung mit der als einzigartigem Monolithen bekannten Regierung Indiens erzählen, als ich versuchte, mein Telefon von einer Adresse zu

einer anderen übertragen zu lassen. Vor ungefähr drei Jahren zog ich von Greater Kailash zu Sainik Farms, zwei Wohngebiete in Neu Delhi, die nicht sehr weit von einander entfernt sind. Ich schrieb der Telefonzentrale bereits lange vor dem Umzug, in der Hoffnung, ein funktionierendes Telefon zu haben, wenn ich in mein neues Haus umzöge. Die großartige indische Bürokratie hatte jedoch andere Pläne.

Wenn mein Telefon immer noch nicht arbeitete, so sei es, weil ich die REGELN nicht befolgt hätte. Ich Dummkopf hatte meine Bitte um die Überführung auf meinem persönlichen Briefpapier gemacht. Anscheinend muss der Antrag aber auf dem vorgeschriebenen Formblatt eingereicht werden.

Nachdem ich davon erfuhr, füllte ich das erforderliche Formblatt aus und wartete auf das Klingeln meines Telefons, aber ich hatte kein Glück. Ich fand mich unumgänglich in eine Schlange schweißiger, übel riechender Körper eingepfercht wieder, die darauf warteten, den Angestellten, den Halbgott, der solche wichtigen Anträge genehmigt zu sprechen. Als ich schließlich dran war, war es nur um zu erfahren, dass, da es mehr als sechs Monate gedauert

Schlange stehen, um einen Berechtigungsschein zu bekommen, der mir den Zugang zum Gebäude erlauben würde. Dafür wurden mein Name, meine Adresse, Telefonnummer (in meinem Fall n.v. - nicht vorhanden) und der Beamte, den ich zu sehen wünschte, in einem umfangreichen Register notiert. Dieselbe Information wurde dann auf einem kleinen Zettel (dem Zugangsschein) ordnungsgemäß ausgefüllt und mir dann übergeben. Dieser wiederum musste einem halb schlafenden Wachmann ausgehändigt werden, der wiederum geschickt ein sauberes Loch in das Stück Papier riss, um anzudeuten, dass es benutzt war.

Sobald ich einmal drinnen war, fragte ich mich in einem Irrgarten von Zimmern und mit

hatte, das Telefon zu übertragen, es jetzt ein 'AT' (abgeschaltes Telefon) sei, und es erforderlich sei, ein neues Formblatt auszufüllen, um die Dinge wieder ins Rollen zu bringen.

Da mir nichts anderes übrig blieb, füllte ich also das richtige Formblatt aus. Und während das Telefon kaputt blieb, wurde seine Akte immer dicker und dicker. Eine Ewigkeit verging, aber das Telefon blieb weiter im Koma.

Bald klopfte ich noch einmal an die Türen der allgewaltigen Telefonzentrale. Aber um dahin zu kommen, musste ich zuerst wieder

Akten behäufter Tische durch, da es keine Wegweiser gab, die anzeigten, wohin man gehen musste. Rundum fand ich entnervte Besucher, die ihre ganze Zeit damit zu verbringen schienen, vor Zimmern ohne Beamten zu sitzen, in der Hoffung, dass jemand erscheinen und ein Stück Papier unterzeichnen würde, so dass sie in der bürokratischen Hierarchie weiterklettern könnten, wieder in der Hoffnung, ein geringes Problem repariert zu bekommen. Es war ein surreales Szenario direkt aus Kafka.

Ein Inder gibt jedoch die Hoffnung nicht so

leicht auf. Schlange stehen ist eine Kunst, die man in Indien lernt. Wenn man in der Tat Leute findet, die in einer Schlange stehen, deren Teil man glaubt sein zu sollen, dann reiht man sich ein und bleibt dabei. Wenn man Glück hat, wird es sich als die richtige herausstellen. Wenn nicht - und das wird man erst herausfinden, wenn man den Anfang der Schlange erreicht hat - sucht man sich eine neue Schlange und fängt von vorne

an. Und vielleicht nochmal!

Sobald man es ins Zimmer des Beamten geschafft und das Glück hat, ihn vorzufinden, muss man gleich auf den Punkt kommen, indem man seine Papiere direkt unter seine Nase hält. Man wartet nicht, aufgerufen zu werden, denn das ist wenig wahrscheinlich. Als ich den

Das Schwarze Brett der Dienstleistungsbehörde, an dem Verbraucher ihre Beschwerden anschlagen können (oben); Leserbriefe in einer Zeitung, die sich über schlechte Dienstleistungen beschweren (rechts); veraltete Regeln im Zeitalter von Fernerkundungssatelliten verbieten das Fotografieren auf allen indischen Flughäfen (gegenüberliegende Seite); Genehmigung zur Benutzung einer Videokamera (gegenüberliegende Seite, unten).

zuständigen Angestellten erreichte, sagte er mir, dass das Telefon jetzt in der Kategorie 'RNB' (Rechnung nicht bezahlt) sei. Ich versuchte zu argumentieren, warum, wenn das Telefon nicht funktioniere, ich Rechnungen bezahlen solle? Er informierte mich, dass eine Mietgebühr für den Apparat erhoben werde, egal ob das Telefon funktioniere oder nicht. Und ich sei jetzt mit meiner Zahlung im Verzug. Ich versuchte darauf hinzuweisen, dass, wenn trotz meiner Versuche, das Telefon nicht funktioniere, es sei, weil sein Büro nichts dagegen getan habe. „Pech gehabt!" sagte der Beamte fröhlich, „Regeln sind nun mal Regeln."

Nachdem ich letztendlich die Rechnung und die Mietgebühr wie von der Telefongesellschaft gefordert bezahlt hatte, gelang es mir, das Telefon tatsächlich ans Laufen zu bringen. Allerdings nur für kurze Zeit, bevor es wieder abgeschaltet wurde. Auf Nachfrage wurde ich informiert, dass es wegen offener Rechnungen sei. Ich legte ihnen die Rechnungen vor, die ich in den drei Monaten gezahlt hatte, in denen das Telefon funktioniert hatte. Eindeutig seien aber die Rechnungen von dem Menschen nicht bezahlt worden, an den die Telefonnummer früher vergeben war, erzählte mir der Beamte. Da ich nicht die Absicht hatte, die Rechnungen von jemand anderem zu begleichen, pro-

Wake up, railways

Several letters have appeared in these columns complaining about the huge gap between local trains and the platforms of many stations. But, the railway authorities are yet to respond. The gap has widened after the laying of new sleepers by the railways: While it is appreciated that new sleepers need to be placed to improve safety and speed, it is also not the responsibility of the authorities to ensure that commuters are able to board and alight from the trains safely? I will not be surprised if a commuter falls between the gap of trains and the platforms and is either killed or injured. I hope, the railway authorities will wake up immediately and tackle the problem on a top priority basis.
—H. Hemant, Ashok Nagar, off Eastern Express Highway, Kurla (east)

testierte ich. Nur um gebeten zu werden, den Sachbearbeiter im sechsten Stock aufzusuchen.

FILMEN NICHT ERLAUBT!

Die Erlaubnis, eine Videokamera an einem historischen Ort zu benutzen, ist in Indien zu einer feinen Kunst geworden. Um mit der Videokamera ein 'geschütztes' Denkmal zu filmen, muss man für eine Gebühr einen Ausweis kaufen. Aber um diesen Ausweis zu erhalten, muss ein Formblatt zur Erlaubnis, die Videokamera zu benutzen, ausgefüllt werden. Die Angaben, die man auf diesem Formular macht, werden dann auf den Ausweis übertagen - 'im Duplikat' - und ordnungsgemäß abgestempelt. Die Hälfte dieses Scheins wird dann in den Akten des Schalterbeamten abgelegt, die andere Hälfte wird einem gegeben.

Während bei den meisten Sehenswürdigkeiten die Qual hier endet, muss man aber im Fall des Taj Mahal noch weiter gehen. Denn von dem Moment an, in dem man die erforderliche Erlaubnis erwirbt, um die Erinnerungen an den Taj zu filmen, heftet sich einem eine Aufsicht an die Fersen. Seine Aufgabe ist sicher-

zustellen, dass man das majestätische Bauwerk nur von der Eingangsplattform aufnimmt. Warum kann man die Kamera nicht anderswo im Taj Mahal benutzen? Niemand scheint die Logik hinter dieser Regel zu kennen.

FLUGHAFEN BLUES

Indische Flughäfen sind ausgezeichnete Beispiele schlechten Designs, die am schlechtesten geeignet sind, ihre Aufgabe zu erfüllen. Um den Flughafen zu betreten, muss man durch eine

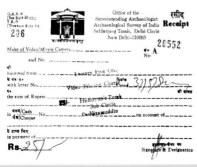

halboffene Tür gehen, die von Sicherheitspersonal bewacht wird, das einen auffordert, das Flugticket zu zeigen, während Gepäckwagen und Gepäck den Weg blockieren. Um zu fliegen, auch innerhalb des Landes, muss man:

Das Flugticket zeigen, um in den Flughafen hineinzukommen.

Die Koffer zum Durch-leuchten bringen.

Den Gepäckwagen abladen.

Den Gepäckwagen wieder beladen.

Nach dem Abfertigungsschalter suchen.

Einchecken.

Bordkarte, Gepäckanhänger und Handgepäckanhänger in Empfang nehmen.

Sich in der Schlange für die Sicherheitskontrolle anstellen.

Die Bordkarte an zwei Stellenabstempeln lassen.

Die Kamerabatterien könnten oder vielleicht auch nicht weggenommen werden, je nach Laune des Sicherheitspersonals. Hier wird auch der Handgepäckanhänger abgestempelt.

Die Bordkarte wieder einer Person zeigen, die einen nach versteckten Waffen filzt.

Jetzt wartet man darauf, dass der Flug angekündigt wird. Wenn er 20-30 Minuten verspätet ist, keine Sorge, dass wird noch als pünktlich angesehen. Wenn er bedenklich verspätet ist, holt man sein Buch heraus und vertieft sich darin.

Sobald die Ansage gemacht wurde, dass der Flug startbereit sei, gesellt man sich zur Schlange am Flugsteig. Dann zeigt man seine abgestempelte Bordkarte und den abgestempelten Handgepäckanhänger vor. Dann geht es in einen nichtklimatisierten Bus, der einen zum Flugzeug bringt. Schließlich stellt man sich noch in einer weiteren Schlange am Flugzeug an und zeigt seine Bordkarte noch einmal vor. Man sollte sicher sein, eine Jacke oder

einen Pullover dabei zu haben, da auf Reisen in Indien die Klimaanlage entweder auf eiskalt gestellt ist oder überhaupt nicht funktioniert.

Gute Reise!

IN DEN WAHNSINN GETRIEBEN

Als ich vor zehn Jahren zum ersten Mal nach Amerika aufbrach, wurde ich informiert, dass ein internationaler Führerschein unerläßlich sei, wenn ich dort mit dem Auto fahren wolle. Also machte ich mich auf, einen aufzutreiben. Nachdem ich ein paar Erkundigungen eingeholt hatte, wurde mir bald klar, dass ich vor dem internationalen Führerschein zuerst einen hiesigen brauchte. Das brachte mich ins Büro der Straßenverkehrsbehörde und in ein Labyrinth von Warteschlangen. Ich wurde durch einen Händler bzw. Zwischenmann gerettet, der auf einem Motorroller, geparkt unter einem schattigen *Neem*-Baum, saß.

Zwischenhändler: "Was wollen Sie?"

Ich: "Einen Führerschein."

Zwischenhändler: "Haben Sie einen Anfängerschein?"

Ich: "Nein".

Zwischenhändler: "Problem, großes Problem! Alles muss arrangiert werden. Medizinische Bescheinigung, Alter, Wohnsitzbestätigung ..."

Ich: "Wie lange wird es dauern?"

Zwischenhändler: "Wie viel können Sie zahlen?"

Ich: "Ich brauche ihn dringend."

Zwischenhändler: "Um ihn innerhalb einer Woche zu bekommen, wird es Sie 600 Rupien kosten (etwa 15 Dollar)."

Ich: "Nein, ich brauche ihn heute."

Zwischenhändler: " 2,000 Rupien (50 Dollar). In nur vier Stunden."

Ich: "Abgemacht."

Zwischenhändler: "Unterschreiben Sie diese Papiere, lassen Sie ein Foto in diesem Zelt machen und warten Sie auf die Fahrprüfung da drüben unter dem Baum."

Ich: "Ich habe kein Auto.

Zwischenhändler: " Das ist nur eine Formsache. Er wird fragen, ob Sie Auto fahren; Sie sagen Ja."

Ich: "Wann werde ich den Führerschein bekommen?"

Zwischenhändler: "In vier Stunden."

Was in dem ganzen Geschäft am längsten dauerte, war das Foto. Der Rest war ein Kinderspiel.

Ausgestattet mit meinem neuen Führerschein ging ich los, um mir einen internationalen Führerschein zu besorgen. Die verantwortliche Person gab mir ein Stück Papier und bat mich, alles darauf stehende gut zu lernen, da ich darin 'geprüft' werden sollte.

In der Prüfung konnte ich mich nur an zwei der sechsunddreißig Zeichen erinnern. Der Prüfer war von dem Ergebnis der Prüfung völlig empört. "Schlecht, sehr schlecht," wurde mir gesagt. "Ich werde Ihren Führerschein unterzeichnen, aber Sie müssen nach Hause gehen und alle Zeichen lernen." Ich bedankte mich dafür, dass er den Führerschein unterschrieben hatte und entschuldigte mich reichlich dafür, nicht alle Zeichen gelernt zu haben.

Autofahren in Indien bedeutet, von einem Ort zum anderen zu kommen. Wie man das tut, ist sein eigenes Problem. Selten wird jemandem gezeigt, wie man einparkt, überholt oder in der Spur bleibt. Die Linien auf der Straße sind Dekoration; sie haben für Autofahrer keine Bedeutung. Der Rückspiegel wird auch selten benutzt, die meiste Zeit wird er eingeklappt. Bei so viel Chaos vor dem Fahrzeug kümmert sich kaum ein Autofahrer darum, was hinten geschieht. Tatsächlich sind die drei Dinge, die man am meisten auf indischen Straßen braucht: eine kräftige Hupe, gute Bremsen und Glück. ◆

DIE GROß MOGULN

BABUR
Siebenundzwanzig Jahre nachdem die Portugiesen an der
Malabarküste im südwestli-
chen Indien landeten (jetzt im
Staate Kerala), marschierte
Babur über die Ebenen von Punjab in Nordindien. Die Hitze und der Staub der nördlichen
Ebenen machten ihm nichts aus, da er es auf
den Thron von Hindustan (Indien) abgesehen
hatte. In Anbetracht der misslichen Lage des
Sultanats Delhi, das in den letzten Zügen lag,
war es für Babur kein Problem, die Stadt Panipat, gerade 80 Kilometer nördlich von Delhi
zu erreichen. Das einzige, was seiner Eroberung
im Wege stand, war die Armee Ibrahim Lo-
dhis, dem Kaiser Indiens zu der Zeit.

Im zarten Alter von zwölf war Babur zum
König von Ferghana in Usbekistan gekrönt

worden. Er war von tadelloser Abstammung
- in seinen Adern floss väterlicherseits das Blut
von Timur oder Tamerlaine und mütterlicherseits das des großen Mongolen,
Dschingis Khan. Trotz seiner Jugend fügte er
bald Samarkand seinem Königreich hinzu.
Aber sein Ruhm dauerte nur kurze Zeit, denn
sein Cousin intrigierte gegen ihn und schaffte
es schließlich, ihn zu stürzen. Der
vertriebene Babur konnte in der Stadt Kabul
Fuß fassen und herrschte lange über sie.

In Kabul sah er mit Silber, Gold, Seide,
Elfenbein und Gewürzen beladene Karavanen,

die aus Indien kamen. Das weckte seine Neugier. Er sah seine Chance in den Machtkämpfen der afghanischen Herrscher Nordindiens, die zu einem Machtgefälle geführt hatten.

Hier war er also mit seiner kleinen Armee von 12,000 Männern und sah sich der 100,000-Mann starken, afghanischen Reichsarmee plus 1,000 Elefanten gegenüber. Babur brauchte nicht lange, um zu begreifen, dass er den Afghanen in einem normalen Kampf nicht gewachsen war. Zu seiner Sorge trug

bei, dass die Afghanen in keiner Eile zu sein schienen anzugreifen. Babur rief seine Generäle in seinem Zelt zusammen und bat sie, das ganze Vieh aus den Nachbardörfern zusammenzutreiben. Sie würden im Morgengrauen angreifen. Die Generäle konnten keinen Sinn in der Verwendung von Vieh in einem Angriff auf die mächtigen Elefanten sehen, aber

Dekorationen aus Halbedelsteinen am Taj Mahal (oben); das Wappen des Sisodia-Rajputen, der sich weigerte, sich den Moguln zu ergeben (gegenüberliegende Seite, links); die Festungswälle des Forts von Agra (rechts); ein Elefantensattel der Moguln (*Howda*) (oben rechts).

wer hätte schon mit Babur streiten wollen, der unter dem Spitznamen 'der Tiger' bekannt war.

Natürlich hatte Babur im Geheimen einen Plan, den er selbst seinen Generälen gegenüber nicht enthüllen wollte. Das Vieh wurde zusammengetrieben und Strohballen auf den Rücken der Tiere gebunden. Sobald die Kampftrommeln geschlagen wurden, wurde das Heu angezündet und die Tiere vor die afghanische Reichsarmee getrieben. Als das Vieh die feindlichen Reihen erreichte, verhielten sie sich durch das Feuer in ihrem Fell auf unvorhersehbare Weise. Die Elefanten reagierten gewaltsam auf das Vieh und warfen ihre Treiber (*Mahouts*) ab, zertrampelten die Soldaten, die in ihren Weg kamen und schufen völliges Chaos. Babur nutzte die Situation zu seinem Vorteil aus und seine Armee fegte durch die Afghanen wie eine Sense. Ibrahim Lodhi wurde im darauffolgenden Kampf getötet.

Babur zog in Delhi ein, wo er als Kaiser von Indien gekrönt wurde. Er sandte seinen Sohn Humayun, um die afghanische Staatskasse in Sikandra, in der Nähe von Agra, in Besitz zu nehmen. In Sikandra traf Humayun den König von Gwalior, der dort Unterschlupf gesucht hatte. Der König bat Humayun, sein Leben zu verschonen und erhielt als Belohnung dafür einen wertvollen Edelstein, später 'Kohinoor'-Diamant (Berg des Lichts) genannt. Bei seiner Rückkehr nach Delhi gab Humayun Babur den Kohinoor, der ihn seinem Sohn zurückgab. Humayun sagte seinem Vater, dass er den teuersten Stein der Welt beiseite gelegt habe. "Was ist sein Wert?" fragte Babur. "Würde er verkauft," sagte Humayun, "könnte er die ganze Welt für zweieinhalb Tage ernähren." Das ist das erste Mal, dass der Kohinoor in der Geschichte erwähnt

wurde. Schließlich erreichte der berühmte Diamant natürlich die britische Krone, wo er in drei Stücke geschnitten wurde.

Auch wenn Babur Ibrahim Lodi besiegt hatte, stand ihm doch Gefahr vom wilden Rajputenfürsten, Rana Sangha von Mewar, unmittelbar bevor. Der Mut des Königs war legendär. Infolge der vielen Kämpfe, die er bestritten hatte, hatte er ein Auge und einen Arm verloren. Sein rechtes Bein war an drei Stellen gebrochen und sein Körper trug die Narben von fünfundachtzig Wunden. Glücklicherweise bot die Ankunft des Regens für Babur und seine kampfmüden Männer eines Aufschub.

Am Vorabend des Kampfes gegen die wilden Rajputen versammelte Babur seine Männer um sich und legte ein Gelübde ab, in seinem Leben nie wieder Alkohol anzufassen. Er verkündetet, dass der Krieg, den sie begehen würden, ein 'Jihad', ein heiliger Krieg gegen die hinduistischen Ungläubigen sei. Diese dramatische Ansage jagte das Blut durch die Mogularmee. Ranas Armee wurde verfolgt, obwohl er es schaffte, Babur zu entkommen. Die Schlacht von Khanua begründete die Vorherrschaft der Moguln.

Als Kaiser von Indien konnte Babur sich jetzt ausruhen und seiner Leidenschaft für die Literatur und dem Dichten nachgehen. Seine Autobiografie, die Baburnama, begründete eine Tradition, der alle Moguln folgten.

Babur genoß die Früchte seines Siegs nicht sehr lange. Nur vier Jahre nach seiner indischen Eroberung vollzog sich eine merkwürdige Folge von Ereignissen. Sein Sohn Humayun wurde bei einem Besuch in Delhi

Ein seltener Elefantensattel (*Howda*) aus Silber (gegenüberliegende Seite, Mitte); Damen im Mogulharem (gegenüberliegende Seite, unten); die Grabstätte des zweiten Mogulkaisers Humayun aus dem 16. Jahrhundert, der ein erstes Modell für den Taj Mahal wurde (oben); ein Grundriss der Grabstätte von Humayun im Vier-Gärten-Layout (*Charbagh*) (rechts).

ernsthaft krank. Die *Hakims* (Ärzte) versuchten verschiedene Arzneimittel, aber sie zeigten keine Wirkung. Ein *Amir* (Adliger) schlug vor, dass Babur Allah das versprechen sollte, was im am liebsten war im Tausch gegen die Gesundheit seines Sohnes. Babur bat Allah im Gebet, sein Leben, das Leben des Kaisers, gegen die Gesundheit seines Sohnes zu tauschen. Durch einen Zufall passierte genau so ein Wunder. Humayun erholte sich, aber Baburs Gesundheit begann, sich zu verschlechtern. Am 26. Dezember 1530 nahm Gott Babur zu sich. Der Gründer des Mogulreiches wurde zuerst in Agra begraben und später in seinem geliebten Kabul, mit seinem kühleren Klima und den Honigmelonen, die er während seiner Regierungszeit in Indien so vermisst hatte.

H

UMAYUN Baburs Tod brac-hte die Krone Indiens für Humayun mit sich und die klare Erkenntnis, dass nur vier Jahre seit der Schlacht von Panipat vergangen waren. Seine erste Aufgabe war deshalb, Aufruhr im kürzlich gebildeten Reich zu unterdrücken und es zusammen zu führen.

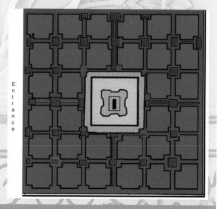

Entrance

Humayun wurde 1508 in Kabul geboren. Bereits in jungen Jahren wurde er zum Statthalter einer wichtigen Provinz gemacht. Als fähiger Anführer bewies er seinen Wert in der Schlacht von Panipat und auch im Kampf gegen Rana Sanga von Mewar.

früher war, entschied sich Humayun zu handeln. In der Zwischenzeit baute Sher Shah seine Truppen auf und griff Humayun an. Der verletzte Humayun musste vom Schlachtfeld fliehen und ertrank fast bei der Überquerung des Ganges. Ein Wasserträger (*Bhishti*),

So wie Baburs Leidenschaft die Literatur gewesen war, so war Humayun von Astrologie und Astronomie besessen. Sogar zum Regieren nahm er die Astrologie zu Hilfe. Bestimmte Staatssachen wurden nur an bestimmten Tagen der Woche besprochen. Er trug sogar Farben, die den verschiedenen Wochentagen entsprachen.

Humayun wurde später in seine eigene Welt von Opium und Konkubinen hineingezogen, so dass er die wachsende Bedrohung durch einen afghanischen König, Sher Khan Suri, nicht erfasste. Zuerst Bihar und dann Bengal fiel an den Afghanen. Als klar wurde, dass der Afghane kein unbedeutender Au-

rettete sein Leben. Er half Humayun, den Fluss auf einer aufgeblähten Büffelhaut zu überqueren. Als eine Geste seiner Dankbarkeit ließ Humayun den Bhishti Kaiser für einen Tag sein. (Der Bhishti wiederum nutze den Moment aus, um in seinem Namen Ledermünzen prägen zu lassen.)

Sher Shah marschierte nach Agra und besiegte Humayun noch einmal in

Akbar, der dritte und größte der sechs Mogulkaiser, die vom 16. bis 18. Jahrhundert über Indien herrschten. Die Vorkammer seiner Grabstätte in Sikandra (oben); Akbars Hauptstadt Fatehpur Sikri, die jetzt eine Geisterstadt ist (gegenüberliegende Seite, oben und unten); die Gewölbehalle des Diwan-i-Am im Fort von Agra (gegenüberliegende Seite, Mitte);

Kannauj, was den Kaiser zwang, aus seinem Reich nur mit einer Handvoll seiner Männer, den Schätzen und dem Harem zu fliehen. Als er Sindh erreicht hatte, wurde ihm vom einen Hindu-König Schutz angeboten. Es war hier in Amarkot, dass seine Frau Hamida Bano Begum und er einen Sohn hatten. Humayun nannte das Kind Jalaluddin Muhammad Akbar. Er ließ seine Familie zurück, um mit seinem Bruder nach Persien zu reisen, wo Shah Tahmash ihn als Kaiser von Indien empfing, obwohl sein wirklicher Status der eines Flüchtlings war. Humayun genoß die Gastfreundschaft des Shahs so sehr, dass er nur zögernd wieder nach Indien zurückzukehren schien.

Aber er kam schließlich zurück, nachdem ein plötzlicher Unfall dem Leben Sher Shahs ein Ende bereitete. Eine von Sher Shah geschleuderte Bombe schnellte zurück und verbrannte ihn zu Asche. Humayun konnte fast wörtlich auf den Thron zurückspazieren und ihn als sein Recht in Anspruch nehmen. Noch einmal fing er an, Opium und Astrologie zu verfolgen. Eines Abends, nachdem er den Planeten Venus angeschaut hatte, stieg er die Schritte des Turms hinunter, als er den Muezzin die Gläubigen zum Gebet aufrufen hörte. Humayun kniete nieder, um zu beten, verfing sich aber mit dem Fuß in seinem Gewand, stolperteund unterlag seinem Fall am zweiten Tag, dem 26. Januar 1556.

Humayuns Tod wurde geheim gehalten, bis die Nachricht seinem Erben und Nach-folger, Akbar, mitgeteilt werden konnte. Der kleine Junge wurde in den Weizenfeldern Punjabs zum Kaiser von Indien gekrönt.

Humayuns Witwe ließ eine außerordentliche Grabstätte zum Gedächtnis an Humayun in Delhi bauen. So fing die Grabstätten-Tradition *Charbagh* (wörtlich: die vier Gärten) der Moguln an, die achtzig Jahre später im Bau des Taj Mahal kulminierte.

indische Texte ins Persische und islamische Bücher in Sanskrit übersetzen ließ. Mehr als 40,000 Bücher wurden so übersetzt – die Moguln hatten in der Regel eine Vorliebe für Handschriften.

Seine andere Leidenschaft war die Musik und der legendäre indische klassische Sänger Tansen war sein Hofmusiker. Es wird gesagt, dass, wenn Tansen in Anup Talo in Fatehpur Sikri sang, sich im Wasser schwimmende Lichter von selbst entzündeten. Akbar mochte auch die Jagd. Abgerichtete Geparde begleiteten ihn auf seinen Entdeckungsreisen und es wurde zur Legende, wie er eine verwundete Tigerin zu Fuß tötete oder einen berauschten (*Mast*) Elefanten unter Kontrolle brachte, der zuvor noch seinen Treiber getötet hatte. Er interessierte sich auch für Nachtpo-

A KBAR

Akbar war erst vierzehn, als ihn die Nachricht vom Tod seines Vaters erreichte. Er hatte Glück, Bairam Khan als seinen Mentor zu haben. Zwei Wochen lang, in denen Akbars Sicherheit nicht gewährleistet war, wurde Humayuns Tod nicht bekannt gegeben und ein Double des Kaisers erschien täglich am *Jharokha* - einer Mogul Tradition - bis der neue Kaiser gekrönt worden war. Der kurze und stämmige Akbar wuchs zu einem furchtlosen Jugendlichen ohne formelle Ausbildung heran. In völligem Kontrast zu seinem Vater und Großvater blieb er ungebildet, aber dieser Mangel an formeller Ausbildung beeinträchtigte seinen Wissendurst nicht. Jede Nacht, bevor er zu Bett ging, las ihm jemand vor. Sein Wissensdurst war so groß, dass er während seiner Regierungszeit religiöse

lo, seine eigene Erfindung, das mit einem brennenden Ball gespielt wurde.

Akbars Vorliebe für Frauen wurde nur allzu bekannt und außer seinen vier Frauen hatte er auch einen Harem mit mehr als fünfhundert Nebenfrauen. Und doch, wenn es irgendetwas gab, dass ihm fehlte, so war es ein Thronerbe. Während seine Töchter überlebten, waren seine Söhne bald nach der Geburt gestorben. Enttäuscht machte er sich auf eine Reise, um den Segen des mystischen Sufi-

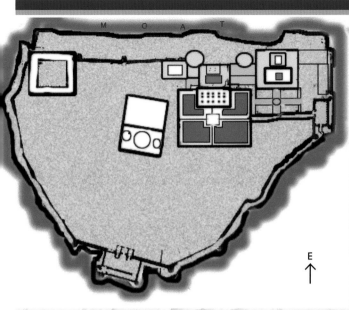

Eine Mogul-
Miniatur zeigt
Akbar beim
Empfang seines
Sohnes Jahangir im
Fort von Agra
(gegenüberliegende
Seite, oben); das
Grab des Sufi-
Heiligen Salim Chisti
in Fatehpur Sikri, wo
sich die Leute
nach dem Anbinden
von Fäden an den
Gitterfenstern
etwas wünschen
(gegenüberliegende
Seite, unten und auf
dieser Seite links,
Mitte); der Grundriss
vom Fort in Agra
(links); Akbars Grab
in Sikandra (links
unten).

E
↑

Heiligen, Salim Chisti, zu suchen. Der Heilige
prophezeite dem Kaiser drei Söhne und schon
bald wurden ihm auch drei Söhne geboren.
Jodha Bai brachte 1569 einen Jungen zur Welt,
der des Heiligen zu Ehren Salim genannt wurde. Das Kind wuchs zu Kaiser Jahangir heran.

Akbar, der Ergänzungen am Agra Fort
vorgenommen hatte, entschied sich jetzt, sich
eine neue Hauptstadt zu bauen, die er Fatehpur Sikri nannte. Die Arbeit begann 1571
und wunderbare Paläste, Gärten und Wasser-
anlagen wurden gebaut. Akbar war von
seiner neuen Hauptstadt so begeistert, dass
er dabei gesehen werden konnte, wie er Steine
zusammen mit seinen Arbeitern aus dem
Steinbruch holte. Als sie vollendet war, zog
Akbar in die Stadt und lebte hier dreizehn
Jahre lang. Jedoch wurde die Stadt aus
Mangel an Süßwasser aufgegeben. Heute ist
wenig von der Stadt übrig, aber die Paläste
bestehen noch, prunkvoll wie immer, was von
Akbars Verständnis für Architektur zeugt.

Obwohl Akbar ungebildet war, hatte er eine mystische Seite. Zum Entsetzen der orthodoxen Mosleme seiner Zeit schuf er die 'Imabat Khana', wo religiöse Oberhäupte verschiedener Religionen gebeten wurden, Gespräche über ihre Philosophien abzuhalten. Diese schlossen Jesuiten, Juden und Hindus ein. Es war das erste Mal, dass man einen moslemischen Anführer eine tolerante Meinung anderen Religionen gegenüber zur

Die Leidenschaft der herrschenden Mogulklasse für die Jagd wurde auch von den Damen des Harems geteilt (links); Akbar und Jahangir (unten links); ein Medaillondesign am Grab von Itmad-ud-Daulah (gegenüber-liegende Seite, oben); eine Miniatur und eine Handschrift berichten ausführlich von der indischen Flora und Fauna zu Jahangirs Regierung-zeit (gegenüberlieg-ende Seite).

Schau stellen sah. Er schaffte eine Nicht-Moslemen auferlegte Steuer (*Jizya*) ab, und strukturierte sogar eine neue Religion, die 'Din-i-Ilahi' genannt wurde und auf den Lehren aller Religionen beruhte.

Von allen Philosophen, die nach Fatehpur Sikri kamen, schenkte Akbar den Jesuiten viel Aufmerksamkeit. Die vom katalanischen Kirchenvater Antonio Montserrat geleiteten Jesuiten müssen 1580 am Mogulhof in ihren Ornaten einen ungewöhnlichen Anblick geboten haben. Akbar trug stolz ein Lapis Lazuli-Kreuz, das die Jesuiten ihm überreicht hatten und ernannte Pater Montserrat zum Privatlehrer von Prinz Salim.

Akbars Hof bestand aus neun 'Juwelen' mit verschiedenen Sachkenntnissen, unter ihnen Birbal, Todarmal, Bhagwan Dass und Abul Fazal. Als Akbar achtundfünfzig und noch in guter Verfassung war, hatte er bereits

Das machte Akbar wütend und Hamida Bano Begum musste einschreiten, um einen Waffenstillstand zwischen Sohn und Enkel zu bewirken. Hamida Bano Begum starb 1604. Ihr Tod brach auch den Lebenswillen des Kaisers, so dass . am 25. Oktober 1605 auch

seinen eigenen Sohn Murad überlebt. Sein anderer Sohn, Daniyal, war ein Alkoholiker. Salim befürchtete, dass sein Vater ihn auch überleben würde und lehnte sich gegen seinen Vater auf, wobei er Abul Fazal beseitigte, Akbars engsten Vertrauten in diesem Kampf.

der größte der Mogulkaiser starb. Sikandra in der Nähe von Agra sollte seine letzte Ruhestätte werden, wo er noch heute in einer prächtigen Grabstätte begraben liegt. Später plünderten die Jats die Reichtümer der Grabstätte, aber sie ist noch ein angenehmer Ort mit Rehen (blackbucks) und Affen in den Gärten.

Birbal

Kaiser Akbar war der größte der Mogulkönige, die vom 16. bis 18. Jahrhundert in Indien herrschten. Bekannt für seine Toleranz ernannte er auch verschiedenen indische Adligen in sein Kabinett, unter ihnen Raja Birbal, der für seinen Witz und seine List bekannt war. Akbar und Birbal fanden sich häufig in Situationen wieder, bei denen Höfling im Stande war, den Kaiser zu überlisten.

In einer kalten Dezembernacht nach der Polo- (*Shikar*) Saison, dachte sich der Kaiser einen amüsanten Sport aus. Er schickte Boten aus, um bekanntzugeben, dass er eintausend Goldmünzen an jeden zahlen würde, der bereit war, die ganze Nacht im eiskalten Wasser des

Flusses Jamuna zu stehen, der unter den Festungswällen seines Palastes floß. Die Nachricht von der Herausforderung breitete sich wie ein Lauffeuer aus und Tausende von Hoffnungsvollen erschienen an dem schicksalhaften Tag.

Wettbewerber bereiteten vor, indem sie eine dicke Schicht Öl auftrugen, in der Hoffnung, sie würde die Kälte abhalten. Aber im Laufe der Nacht fiel die Temperatur und schon bald, zum Spass der königlichen Familie, fingen sie an, aus dem Wasser zu kommen. Schließlich war nur noch eine Handvoll von Bodybuildern im Wasser, zusammen mit einem dünnen, ausgemergelten Wäscher, *Dhobi* in Hindi. Bald zogen auch die Bodybuilder von dannen und nur der dünne Dhobi und Sher Khan, Agras Meister im Ringen, waren übrig, um sich um den Preis zu bewerben. Die allgemeine Übereinstimmung war, dass Sher Khan gewinnen würde, aber um 4 Uhr 30 konnte sogar er die Kälte nicht mehr ertragen und es blieb nur der Dhobi über, um auf die ersten Strahlen der Morgendämmerung zu warten.

Akbar lud den Dhobi in den 'Diwan-i-Am', den Saal für öffentliche Audienzen ein. "Guter Mann," fragte der Kaiser Indiens ihn, "wie haben Sie es länger ausgehalten als der stärkste Mann der Stadt?" "Mein Herr," sagte der Dhobi, "als ich im eiskalten Wasser des Jamuna stand, sah ich eine Lampe in Ihrem Palast brennen. Sie anzuschauen und an ihre Wärme zu denken, half mir, die bittere Kälte zu überstehen."

Die Höflinge des Kaisers, unfähig zu akzeptieren, dass ein Normalsterblicher mit dem fabelhaften Geldpreis davon zog, infiltrierten den Kaiser mit Zweifeln, indem sie sagten, dass die Wärme der Palastlampe Disqualifikation bedeutete. Der Kaiser nahm den Preis zurück und dem armen Dhobi wurde die Tür gewiesen. Aber es enttäuschte Birbal, den Mann so zu sehen und auch, wie leicht der Kaiser den

Mitläufern Glauben geschenkt hatte. Er stahl sich aus dem 'Diwan-i-Am' ohne ein Wort davon.

Am nächsten Tag, als Birbal am Hof nicht auftauchte, entsandte Akbar einen Boten zu seinem Haus. Er kehrte zurück, um den Kaiser zu informieren, dass Birbal zurück sein würde, sobald er *Khichri* (einen Brei aus Reis und Linsen) gekocht hätte. Am nächsten Tag wurde Birbal wieder vermisst - er koche noch seinen Khichri, erklärte der Bote. Ein weiterer Tag verging. Verärgert entschied sich Akbar,

Birbals Haus persönlich aufzusuchen, um das Problem zu beseitigen.

Als Akbar Birbals Haus erreicht hatte, wollte er wissen, wo der Minister sei. "Mein Herr, er kocht Khichri auf dem Dach," kam die Antwort. Auf dem Dach sah Akbar Birbal mit einem Topf be-

Die drückende Hitze der indischen Steppen trieb die Mogulkaiser nach Kashmir. Jahangirs Vorliebe für dieses Tal drückte sich in der großen Anzahl von Gärten aus, die er dort bauen ließ. Dieses Blütenparadies und die dahingleitenden Boote (*Shikaras*) vor der Kulisse des Himalaya warten auf die Rückkehr der Touristen.

kochen?" schrie Akbar, inzwischen sichtbar aufgebracht. "Mein Herr, für das Feuer habe ich den Topf zur Lampe in Ihrem Palast gedreht, aber das Essen ist noch immer nicht fertig."

Akbar verstand, was sein gerissener Minister ihm zu sagen versuchte. Er lobte Birbal als eine Säule der Wahrheit und Gerechtigkeit und ließ den Dhobi wieder zurück zu seinem Hof kommen und händigte ihm den verdienten Preis aus.

schäftigt." Was machst du, Raja Birbal?" wollte Akbar wissen. "Ich koche Khichri, mein Herr," antwortete sein Minister, ohne seine Augen vom Topf zu nehmen. "Drei Tage, um einen Topf Reis zu kochen! Bist du von Sinnen oder hat das Opium deinen Verstand betäubt?" schrie Akbar. "Mächtiger Herrscher, Kaiser von Indien, ich habe versucht, den Reis mit Linsen im Topf zu kochen…" "Wo ist das Feuer, mein guter Mann? Wie kannst du ohne Feuer

JAHANGIR

Jahangir war 30, als er zum Kaiser gekrönt wurde. Akbar hatte sein Reich zusammen geführt und gestärkt, so dass Jahangir frei war, sich dem Laster von Wein und Opium hinzugeben. Anders als seine Brüder, die diesen Lastern erlagen, überlebte Jahangir, vielleicht durch seinen rebellischen Charakter.

Als junger Prinz war er von der Tänzerin Anarkali betört und gab seine Absicht bekannt, sie zu heiraten. Als Akbar seine Erlaubnis nicht gab, wollte der junge Salim gegen die Macht des Reiches kämpfen. Nur dem Eingreifen Jodha Bais war es zu verdanken, dass der Aufruhr des Prinzen vergessen wurde. Mit Hilfe ihres Vaters, des Maharadscha von Amber, arrangierte Jahangirs Mutter schließlich Anarkalis Verschwinden für immer. Aber der romantische Jahangir sollte sich in eine andere

Da die Moguln ihre Heimat Ferghana vermissten, brachten sie sie näher, indem sie die Wände ihrer Paläste in Indien mit Blumen, Rosenwassersprengern und Räuchergefäßen schmückten. Diese Motive sind in der Grabstätte von Itmad-ud-Daulah des 17. Jahrhunderts noch gut in den Steinintarsien und Wandgemälden erhalten.

einem Bild der Madonna gezeigt. Während er selbst keine Neigung zum Christentum zeigte, ließ er drei Neffen taufen, um die Jesuiten glücklich zu machen. Jahangir war von Sadhus, Fakiren und andere Asketen fasziniert, und bewunderte ihr Leben am Rande der Gesellschaft.

Während Akbar es vorzog, sich ganz normal in Baumwolle zu kleiden, war Jahangir, in den Wörtern von Sir Thomas Roe, dem englischen Botschafter, modebewußt: "Seine Kleidung war mit Diamanten, Rubinen, Perlen beladen ... auf seinem Kopf, Hals, Brust und Armen waren Edelsteine..." Die Juwelen änderten sich bei jedem Auftritt zu Hof. Er hatte beim Essen jedoch einen einfacheren Geschmack. Er mochte Kichri, das Armeleuteessen aus Reis und Linsen, Kamelmilch und 'Rohu'-Fisch. Mangos waren seine Lieblingsfrucht.

Jahangir war ein eifriger Naturforscher und besaß ein wissenschaftliches Naturell. Sein Hofmaler Mansur wurde beauftragt, nur Vögel und Tiere zu malen. Von Mansurs vierundzwanzig Gemälden, die überdauerten, sind zweiundzwanzig in der Sammlung des Maharadschas von Jaipur. Er war ein Kenner von Miniaturen und die Kunst erreichte ihren Höhepunkt während seiner Regierungszeit. Jahangir konnte seine Künstler identifizieren, indem er sich ein Gemälde nur anschaute. Im Tal von Kashmir legte er die berühmten Shalimar Gärten vor der Kulisse der Himalayas an. Diese und anderen Gärten sind auch heute noch so schön wie zu Mogulzeiten.

Frau vernarren, die, als seine Frau Nur Jahan, die wahre Königin von Indien werden würde.

Die Jesuiten übernahmen Jahangirs frühe Ausbildung, aber das Christentum machte keinen Eindruck auf ihn. Ein Grund, warum Jahangir die Jesuiten mochte, waren die europäischen Bilder, die sie für ihn beschaffen konnten. In Gemälden der Zeit wird er mit

Als zunehmender Alkoholgenuß seiner Gesundheit schadete, war Jahangirs Lösung typisch: er reduzierte seinen Weinkonsum, indem er seine Opiumdosis verdoppelte, der er gelegentlich Marihuana hinzufügte. Politisch hatte Jahangir ein stabiles Königreich geerbt und hatte Zeit, seinen Lastern nachzugehen. Aber wie es bei den Moguln üblich war, rebellierte sein Sohn Khusrau gegen ihn, und Jahangir ließ ihn blenden und ins Gefängnis werfen. Die Adligen, die Khusrau bei seiner Aufruhr geholfen hatten, wurden in ein Kleidungsstück aus frisch getöteten Kuh-

der Welt' ein und die Ehre, neben Jahangir im Durbar (Audienz) sitzen zu dürfen. Ihm wurde die Statthalterschaft der reichen Provinz Gujarat angeboten.

Diese gute Beziehung zwischen Vater und Sohn hielt nicht lange an. Was Shah Jahan am meisten beschäftigte, war die nachlassende Gesundheit des Kaisers und er wollte nicht weit von Agra entfernt sein, wenn der Kampf um die Nachfolge im Falle seines Todes ausbrach.

häuten eingenäht und auf dem Markt von Agra vorgeführt. Die Hitze ließ die Haut austrocknen und einlaufen und dabei auf höchst schmerzlichvolle Weise die Verräter töten. Solche harten Strafen dienten dazu, zukünftige potenzielle Bedrohungen gleich im Keim zu ersticken. Jahangirs anderer Sohn, Prinz Khurram, erwies sich erfolgreich in seinen Kampagnen im Dekhan (heute Hyderabad) und in Mewar (Udaipur). Das brachte ihm den Titel Shah Jahan, 'Herrscher

Als Shah Jahan deshalb Jahangirs Anordnungen missachtete, in Afghanistan einzumarschieren, interpretierte es die Kaiserin Nur Jahan, der die Kontrolle aller Reichsangelegenheiten unterlag, als eine Revolte. Sie führte einen Feldzug gegen Shah Jahan, durch den er auf dem Schlachtfeld in Verruf geriet. Nur Jahans wirklicher Name war Mehrunnisa. Sie war die Tochter eines persischen Edelmannes, Ghias Beg. Das Mogulreich wandte sich für Inspiration der persischen Kultur zu und benutzte sogar Persisch als Sprache am Hof. Ghias Beg hatte den Staatstitel Itmad-ud-Daula, Säule des Reiches. Seine Tochter Mehrunnisa war die Kammerfrau von Jahangirs Stiefmutter gewesen. Jahangir stieß im 'Zenana' durch Zufall auf sie und wurde von ihr bezaubert. Obwohl sie jemand anderes heiratete, machte Jahangir sie zu seiner Frau, nachdem ihr Mann bei einem Jagdunfall gestorben war. Nach ihrer Hochzeit gab (bestow) er ihr den Titel Nur Jahan, „Licht der Welt".

Nur Jahan war nicht nur schön, sie war auch lebhaft und eine Vorreiterin, wenn es um das Entwerfen von allem von Kostümen über Schmuck bis hin zu Teppichen ging. Sie war auch eine Gastgeberin ohne gleichen, war ihrem Mann eine ausgezeichnete Begleiterin und eine Quelle großer politischer Intrige. Als de facto Ruler trugen Hofkorrespondenz und Münzen ihr Siegel. Zusammen mit der Zunahme ihrer Macht wurden auch ihr Vater und Bruder sehr mächtig. Als ihr Vater 1622 starb, entwarf und ließ Nur Jahan das schöne Mausoleum Itmad-ud-Daula zu seinem Andenken bauen.

Shah Jahan, ihr Stiefsohn, heiratete Mumtaz Mahal (später als Dame des Taj Mahal bekannt), ihre Nichte. Aber Nur Jahans ultimative Strategie war, ihrer Tochter aus erster Ehe ihre Nachfolge als Kaiserin zu verschaffen, nämlich als die Braut von Jahangirs anderem Sohn, Prinz Shahryar.

Am 7. November 1627, als Jahangir starb, war Shah Jahan im Dekkan. Das war genug Gelegenheit für Shahryar, den Kaiserthron zu besteigen, aber nach Shah Jahans Rückkehr wurden Shahryar und alle anderen potenziellen Erben ermordet. Am 6. Februar des nächsten Jahres bestieg Shah Jahan, erst sechsunddreißig Jahre alt und Jahangirs Sohn durch eine Prinzessin von Jodhpur, den Thron von Indien.

SHAH JAHAN UND MUMTAZ MAHAL

Prinz Khurram war erst sechzehn Jahre alt, als er sich in die Tochter von Asaf Khan, Arjumand Bano Begum, verliebte, später bekannt als Mumtaz Mahal. Shah Jahan und Mumtaz Mahal trafen sich zuerst im Meena Bazar, einem wöchentlichen Markt, der jeden Freitag im Palast stattfand. Hier stellten Frauen aus adligen Familien Verkaufsstände zum Vergnügen der männlichen Käufer der königlichen Familie auf. Shah Jahan, dann als Prinz Khurram bekannt, wurde von vier tartarischen Sklaveninnen in einer Sänfte getragen, als er vor einem Stand anhielt, an dem ein junges Mädchen *Mishri* verkaufte, grobe Zuckerkristalle. Der Prinz nahm ein Stück in die Hand und fragte nach

Die Schönheit des Taj Mahal verzaubert Anwohner und Touristen gleichermaßen. Dabei ist es gleichgültig, aus welcher Blickrichtung oder zu welcher Tageszeit er angesehen wird, da man von diesem Denkmal der Liebe einfach fasziniert sein muss. Eine Ansicht des Taj Mahal vom Ufer des Flusses Jamuna und eine Nahaufnahme der Intarsien- und Basreliefarbeiten, die das Denkmal schmücken (links).

Shah Jahan, der Erbauer des Taj Mahal, mit den Prinzen im Diwan-i-Am im Roten Fort in Delhi (links); Detail eines Bronzetürgriffs (gegenüberliegende Seite, Mitte); der verlassene Diwan-i-Am mit dem Marmorthron, leere Gewölbe mit Basreliefmotiven im Kontrast zum Prunk und der Heiterkeit des Mogulhofs wie in der Miniaturmalerei dargestellt (gegenüberliegende Seite, unten).

seinem Preis. Das Mädchen zitierte kokett einen astronomischen Betrag. Ohne Überraschung zu zeigen, bezahlte der Prinz prompt in Goldmünzen. Das Mädchen merkte, dass der Prinz den Zuckerkristall mit einem Diamanten verwechselt hatte und fing an zu lachen. Dabei verrutschte ihr Schleier und enthüllte ihr Gesicht. Er war so fasziniert von der Nichte seiner Stiefmutter, dass er versprach, sie zu seiner Frau zu machen.

Sie heirateten 1612, als er zwanzig und sie neunzehn war. Insgesamt brachte sie vierzehn Kinder zur Welt, also ein Kind alle sechzehn Monate. Davon überlebten allerdings nur vier Jungen und drei Mädchen. Mumtaz Mahal starb vier Jahre nach Shah Jahans Thronbesteigung, bei der Geburt ihres vierzehnten Kindes 1631. In dieser Zeit lagerte sie mit Shah Jahan in Burhanpur. Ihre Schwangerschaften hielten sie nicht davon ab, den Kaiser auf all seinen Reisen zu begleiten und egal, wie beschwerlich diese waren. Es war in den frühen Morgenstunden des 17. Juni 1631, dass eine schwere Blutung während der Geburt ihrer dritten Tochter, Gauhara Begum, ihren Tod

verursachte. Als die Nachricht vom Zustand der Königin Shah Jahan erreichte, eilte er sofort an ihre Seite, aber es war klar, dass die Kaiserin sich nicht wieder erholen würde. Neben ihr kniend, fragte er sie, ob es irgendetwas gäbe, dass er für sie tun könne. Ja, sagte die im Sterben liegende Kaiserin.

Sie ließ ihn versprechen, dass er keine anderen Kinder von seinen anderen Frauen haben würde und dass er eine Grabstätte über ihrem Grab bauen würde, die so schön sei, dass sie kommende Generationen an ihre Liebesgeschichte erinnern würde.

Als die Kaiserin ihre Augen schloß, rollte eine letzte Träne aus ihren schönen Augen und lief ihre Wange herunter. Der untröstliche Kaiser wischte die Träne vom Gesicht seiner Geliebten und baute ihr schließlich ein Mausoleum, das so aussah, als ob es:
"Eine ewige Träne,
vom Himmel herab
entlang der Wange der Zeit fallend" sei.

Der Körper von Mumtaz Mahal wurde mit kaltem Kampfer und Rosenwasser von Trägerinnen gebadet und in fünf Stücke Stoff gehüllt. Vier enge Verwandte trugen die Leiche zur Grabstelle. Sie wurde vorläufig in einem Garten am Ufer des Flusses Tapti begraben, etwa zwei Meter unter der Erde und mit dem Körper von Norden nach Süden ausgerichtet und dem Gesicht nach Westen zur heiligen Stadt Mekka gewendet. Shah Jahan trauerte vierzig Tage. Er trug nur Weiß und auch sein Haar wurde weiß. Er konnte oft gesehen werden, wie er nachts ihr Grab besuchte und dort bis in die frühen Morgenstunden weinte. Er aß kaum und hörte wenig Musik. Er weigerte sich, in die Frauenquartiere zu gehen, die ihn an sie erinnern würden. Zwei Jahre lang war Shah Jahan ein gebrochener Mann.

Nach sechs Monaten ließ er ihren Körper nach Agra bringen, in die Nähe des Ortes, wo sie schließlich begraben liegen sollte. Der Garten, in dem ihre Grabstätte gebaut wurde, hatte der Maharadscha von Jaipur gekauft. Ihr Körper wurde wieder vorläufig an der nordwestlichen Ecke des Gartens in der Nähe der Moschee begraben. Der entgültige Entwurf für die Grabstätte wurde von den führenden Architekten des Reiches, Mir Abad al-Karim und Makramat Khan, erstellt. Ustad Ahmad Lahori ist ein anderer Name, der mit vielen von Shah Jahans Bauwerken verbunden wird. Der entgültige Entwurf wurde Shah Jahan zur Zustimmung vorgelegt. Sechzehn Jahre sollten nach Beginn der Arbeit vergehen, bevor das Hauptgebäude fertig war und fünf weitere, bis der Garten und Innenhof abgeschlossen waren. Zwanzigtausend Arbeiter, Kunsthandwerker und Handwerksmeister arbe-

Shah Jahan sieht sich eine Elefantenparade vom Balkon (*Jharokha*) aus an (links); Blick vom Chandni Chowk auf das Lahori-Tor des Roten Forts in Delhi (unten). 1857 marschierte die britische Armee ins Rote Fort ein und vertrieb den letzten Mogulkaiser. 1947 wurde die Unabhängigkeit Indiens von diesem Tor aus verkündet.

iteten auf der Baustelle, um die eine Mumtaza-bad genannte Gemeinde ents-tanden war. Ungefähr 1500 Elefant-en transportierten die weißen Marmorblöcke zur Baustelle, von denen jeder eineinhalb Tonnen wog. Eine große Anzahl von 'Brahmi'-Stieren wurden für den Transport der Rohmaterialien benutzt. Die Marmor-steinbrüche befanden sich in Makrana, 225 Kilometer westlich von Agra. Roter Sandstein wurde aus Fatehpur Sikri geliefert. Eine 4 Kilometer lange Rampe wurde gebaut, um die Marmorblöcke zur Spitze des Gebäudes zu transportieren.

Architektonisch stellt der Taj Mahal den Inbegriff der Mogularchitektur und der indischen und islamischen Bautraditionen dar. Sie ist mit Sicherheit das symmetrichste aller Mogulbauwerke. Ein ummauerter Garten mit

vier Wasserkanälen soll das Paradies oder 'Pari Darwaza', den Wohnsitz der Engel, darstellen. Da der Islam als Religion im Wüstenstaat Saudi-Arabien entstand, werden Wasser und Gärten sehr stark mit dem Himmel verbunden. Daher ist die heilige Farbe der Moslems auch grün. Die Mosaik-Intarsie auf der Oberfläche des Marmors spiegelt auch die Idee vom Paradiesgarten wider.

Das einzig Asymmetrische am Taj Mahal ist Shah Jahans eigene Gruft, die anfangs nicht innerhalb des Gebäudes geplant war. Man sagt, dass er vorgehabt haben soll, einen weiteren Taj Mahal aus schwarzem Marmor auf der gegenüberliegenden Seite des Flusses zu errichten. Er hatte sie dann mit zwei Brück-en, einer weißen und einer schwarzen, verbinden wollen.

Ein Geländer aus Gold und Silber umgab die Grabstätte von Mumtaz Mahal. In Übereinstimmung mit moslemischer Tradition wurde das Grab von gewebten Perlen bedeckt. Die Türen waren aus reinem Silber und mit Nägeln aus Gold gemacht. Aus aller Welt importierte Edelsteine wurden in weißen Marmor eingelegt. Peter Mundy, ein Engländer, der in Agra wohnt, schrieb: "Gold und Silber wurden wie herkömmliches Met-

all und Marmor wie gewöhnlicher Stein verwendet." Für die Beleuchtung sorgten Silberlampen. Die Luft war schwer und mit exotischen Düften aus silbernen und goldenen Räuchergefäßen parfümiert. Die Einnahmen von 31 Dörfern wurden zur Instandhaltung des Taj Mahal bestimt und so eine Summe von 200.000 Rupien jährlich eingezogen.

Aurangzeb, Shah Jahans jüngster Sohn, führte einen Aufruhr gegen seinen Vater durch und ließ seine Brüder töten. Auf sein Geheiß wurde der Kaiser im Palast von Agra eingesperr und er selbst zum Kaiser von Indien gekrönt.

Der Taj Mahal war nicht das einzige Denkmal, das Shah Jahan baute. Schon zuvor hatte er sich dafür entschieden, eine neue Stadt namens Shahjahanabad zu bauen, das heutige Alt-Delhi, dessen Bau neun Jahre dauerte und die Staatskasse sechseinhalb Millionen Rupien kostete. Zu seiner Einweihung wurde ein Zelt aus Samt und mit Goldstickerei aufgestellt, an dem 3,550 Arbeiter einen Monat lang arbeiteten und das 100,000 Rupien kostete. Der Kaiser glitt auf einer Barkasse, die einem schwimmenden Palast glich, den Fluß Jamuna hinab. Am 18. April 1648, einem als günstig bestimmten Zeitpunkt, zog er ins Quila Mubarak ein, das glückverheissende Fort, und nahm seinen Platz auf dem berühmten Pfauenthron ein.

Pfauenthron: Wahrscheinlich der teuerste Thron der jemals in Auftrag gegeben wurde. Die königliche Staatskasse stellte eintausend Kilogramm Gold für seine Anfertigung zur Verfügung. Der Thron, 244 Zentimeter lang, 183 Zentimeter breit und 366 Zentimeter hoch, war an den Seiten vergoldet und war von innen völlig mit Rubinen, Granaten und Diamanten besetzt. Sein Baldachin wurde von zwölf Säulen gestützt, die völlig aus Smaragden bestanden. Auf jeder Säule waren zwei Pfauen angebracht, die aus Saphiren, Perlen und Diamanten gemacht waren. Der Saum des Baldachins war mit Perlen und Diamanten geschmückt. Ein französischer Juwelier, Tavernier, der den königlichen Hof besucht hatte, schätzte seinen Wert auf 107 Millionen Rupien. Juweliere brauchten sieben Jahre, um den Thron herzustellen. Shah Jahan wählte persönlich jeden Stein nach Schönheit, Farbe und Glanz aus. Es war der passende Thron für den reichsten Mann der Welt. (Sein jährliches Einkommen betrug 250 Millionen Ru-pien.)

Shah Jahan trauerte zwei Jahre lang um seine Kaiserin und führte dann ein Leben von beachtlicher Freizügigkeit, obwohl er weder heiratete, noch weitere Kinder hatte. Der Kaiser soll einmal die Bemerkung fallen gelassen haben, dass Süßigkeiten schmackhaft sein sollten und dass es nicht von Bedeutung wäre, aus welchem Geschäft sie kämen. Seine Eunuchen fanden und köderten deshalb schöne Frauen für ihn und laut Basarklatsch soll er sogar Beziehungen mit seiner Tante und seiner eigenen Tochter eingegangen sein. Er wählte "äußerst schöne Mätressen" und soll im Alter an einer Überdosis von Aphrodisiaka gestorben sein.

Als Shah Jahan 1657 krank wurde, war Dara Shikhon bei ihm, sein ältester und liebster Sohn. Seine anderen drei Söhne waren in verschiedene Teilen des Reiches abkommandiert worden - Suja war Landeshauptmann von Bengal, Aurangzeb vom Dekkan und Murad von Gujarat.

Obwohl es öffentlich bekannt war, dass Dara Shikhon der Kronprinz war, war ein Krieg um die Nachfolge unvermeidlich. Da Shah Jahans Krankheit ihn davon abhielt, auf dem Balkon zu erscheinen, wo er täglich die Huldigung des Volks erhielt, ging das Gerücht um, dass der Kaiser tot sei und Dara seinen Thron eingenommen habe. Dara hatte einen mystischen Charakter und war wie sein Urgroßvater liberal und tolerant. Er schrieb das Buch ‚Die Vereinigung der Ozeane', in dem er alle Glaubensrichtungen als verschiedene Flüsse in demselben Ozean akzeptierte. Die moslemischen Geistlichen waren natürlich gegen seine liberalen Ansichten. Aurangzeb nutzte die Verstimmung dieser orthodoxen Mosleme, um seinen Bruder zum Ungläubigen zu erklären. Er stellte sich auch als der stärkste und schlauste der sich streitenden Brüder heraus.

Dara wurde im Kampf getötet, der zwischen den Brüdern entbrannte, und sein Kopf wurde als Geschenk verpackt und an Shah Jahan geschickt. Todunglücklich schrieb Shah Jahan an Aurangzeb: "Betrachte Dein Glück

Ein Querschnitt des Taj Mahal zeigt sein doppeltes Kuppelgewölbe und eine unterirdische Kammer, in der Mumtaz Mahal und später Shah Jahan zur Ruhe gelegt wurden. Ein Grundriss des Taj Mahal zeigt die Gärten (Charbagh) und Wasserkanäle (unten); Details der Basreliefarbeiten des Taj Mahal (gegenüberliegende Seite, oben); und Mogul-Kunstgegenstände aus Marmor: Wasserpfeife, Räuchergefäß und Rosenwasserspender (gegenüberliegende Seite, unten rechts).

nicht als selbstverständlich." Aber Shah Jahan war nur noch dem Namen nach Kaiser, da sich Aurangzeb dessen Macht an sich gerissen und sogar die Wasserversorgung zum Palast seines Vaters abgeschnitten hatte. Er schrieb seinem Vater zurück: "Was Du säst, wirst Du ernten" und errinnerte damit Shah Jahan an seine eigene blutige Thronbesteigung.

Im zweiunddreißigsten Jahr seines Amtsantritts wurde Shah Jahan, der fünfte Kaiser der Großmoguln, Erbauer des Taj Mahal in Agra, dem Roten Fort und der Jama Masjid in Delhi, im Palast von Agra eingesperrt, wo er weitere acht Jahre lebte. Er wurde eines Morgens auf der Verandah von Mussam Burj sitzend gefunden, seine Augen auf den Taj Mahal auf der anderen Seite des Flusses gerichtet und so noch einmal mit seiner geliebten Kaiserin vereinigt. Sein Körper wurde gebadet, verhüllt und zum Fluss gebracht. Hier wurde er dann in ein Boot gelegt und zu seiner letzten Ruhestätte gebracht, dem Taj Mahal. Keine Adligen oder Prinzen waren zugegen, nur einige Gefolgsmänner. Aurangzeb kam nie, um seinen Vater zu sehen. ◆

Aurangzeb, der letzte der Großmoguln, hält den Heiligen Koran (links); Detail eines Mogul-Basreliefs aus weißem Marmor (unten); Bibi ka Maqbara, die Grabstätte von Aurangzebs Frau in der Stadt Aurangabad (gegenüberliegende Seite). Verglichen mit dem Taj Mahal sind hier die rückläufigen architektonischen Standards der Mogularchitektur deutlich sichtbar.

AURANGZEB

Aurangzeb wurde im Quila Mubarak, dem Roten Fort von Delhi, 1659 im Alter von vierzig Jahren zum Kaiser gekrönt und herrschte neunundvierzig Jahre lang. Im Gegensatz zu seinem Vater war er ein ernsthafter Mann. Er kleidete sich in einfache weiße Kleidung und war gesittet und puritanisch. Der Sohn des reichsten Mannes der Welt (dessen Rosenkranz aus Rubinperlen allein ungefähr 1,8 Millionen Dollar wert war) verdiente seinen Lebensunterhalt wie ein guter Moslem, indem er Kappen nähte und Kalligrafie-Kopien des Korans anfertigte. Er ermutigte weder noch schloß er sich wilden Parties und Haremorgien an. Sein einziger architektonischer Beitrag war die Perlmoschee am Roten Fort für seinen eigenen Gebrauch. Die einzige Kunst, zu der er ermutigte, war die Kalligrafie. Seine einzigen Schwächen waren gutes Essen und Früchte. Er kannte keine Angst und war ein Strenggläubiger. Nur einmal in seinem Leben hatte Aurangzeb sich verliebt - bei einem Besuch seines Onkels hatter er Hira Bai, die Nebenfrau seines Onkels, singend im Garten gesehen. Unwiderstehlich zu ihr hingezogen, hatte er eine heiße Affäre mit ihr, aber sie starb bald danach. Aurangzeb brauchte ein Jahr, um über ihren Tod hinwegzukommen.

Aurangzeb herrschte über sein Reich auf der Grundlage von Shariat, dem orthodox moslemischen, religiösen Gesetz. Er verließ den Pfad der religiösen Toleranz, den seine Vorfahren eingeschlagen hatten, und erlegte Nichtmoslems *Jizya*, die religiöse Steuer, wieder auf. Er beendete nicht nur den Bau neuer hinduistischer Tempel, sondern zerstörte auch wichtige Tempel wie Somnath in Gujarat,

Vishwanath in Varanasi und Keshav Rai in Mathura. Die zerbrochenen Steinfiguren von hinduistischen Göttern und Göttinnen wurden als Trümmer verwendet und unter die Stufen der Jama Masjid in Delhi gelegt. Kühe, für Hindus heilig, wurden innerhalb ihrer Tempel geschlachtet. Er verbot sogar das Feiern hinduistischer Feiertage wie Holi und Diwali. Überraschenderweise blieben die Rajputenkönige stumme Zeugen von Aurang-

ben Kampf, was den Thron von Marwar unbesetzt ließ. Die einzige Hoffnung waren zwei Maharanis, die aber beide schwanger waren. Aurangzeb sah ein Machtvakuum in Marwar vorher und ergriff die Gelegenheit, um einen Cousin des verstorbenen Maharadschas zum Erben zu ernennen. Die örtliche Bevölkerung war empört, da sie wusste, dass die Königinnen schwanger waren. Glücklicherweise gebar eine der Königinnen einen Jungen. Die

zebs Unterdrückung. Shivaji, der große Krieger aus Maharaschtra, war der einzige indische König, der sich aktiv gegen Aurangzeb auflehnte. Viele Rajputenherrscher wurden in die kaiserliche Mogularmee eingezogen. Das war eine schlaue Lösung für die Rajputen, denn ohne Prestige- oder Titelverlust befahlen sie für die Moguln über riesige Armeen.

CHAOS IN JODHPUR

1678 wurde Jaswant Singh Rathore von Marwar (Jodhpur) getötet, als er gegen die Afghanen an der nordwestlichen Grenze kämpfte. Sein einziger Sohn starb in demsel-

Adligen ersuchten Aurangzeb, den Neugeborenen als König anzuerkennen.

Er stimmte zu, aber unter der Bedingung, dass das Kleinkind als Moslem erzogen werde. Durgadas, ein alter Vertrauter des königlichen Hofes, der die Rajputen-Delegation bei der Bittschrift angeleitet hatte, schickte den jungen Maharadscha ohne Aufsehen mit einer Handvoll von Anhängern zurück nach Jodhpur. Ein kleiner Junge wurde als Maharadscha verkleidet und Begleiterinnen in seinen Dienst gestellt. Wie befürchtet wurde der falsche Maharadscha und seine Begleitung

festgenommen und in den Mogulharem gebracht. Als Aurangzeb darüber informiert wurde, dass der echte Maharadscha entkommen war, weigerte er sich, es zu glauben. Die Wahrheit manifestierte sich schließlich Jahre später, als der Marwar-Prinz mit einer Prinzessin aus Mewar (Udaipur) verlobt wurde.

Obwohl Aurangzebs Herrschaft Unzufriedenheit hervorrief, war er doch zu Lebzeiten im Stande, alle abweichenden Meinungen in Schach zu halten. Die erwähnenswertesten waren die Jat- und Maratha-Aufstände. Shivajis Guerillataktiken waren eine Quelle großer Frustration, so dass der Mogul den Kämpfer aus Maharaschtra mit dem Schimpfnamen 'Bergratte' verunglimpfte. Obwohl Aurangzebs Reich das größte Mogulreich war, schien es auch seinem Untergang am nächsten zu sein. Aurangzeb war schließlich neunundachtzig, als er starb, und hatte damit seine Geschwister und einige seiner Kinder und sogar Enkelkinder überlebt. Er hatte Anweisungen hinterlassen, dass das Geld, das er durch die Herstellung der Kappen verdient hatte, für seine Bestattung verwendet werde. In starkem Kontrast zu seinen Vorfahren hatte er sich selbst keine Grabstätte gebaut. Er liegt in einem kleinen, schläfrigen Dorf auf dem Weg zu den Ellora-Höhlen in der Nähe von Aurangabad begraben. Nur wenige moslemische Pilger besuchen sein Grab, das zum Himmel offen und nur von Gras bedeckt ist, um zu beten. Aurangzeb als letzter der Großmogule herrschte über Indien mit fanatischem Eifer. Er begriff in seinen letzten Tagen, dass er Unzufriedenheit gesät hatte und schrieb: "Ich kam allein und ich gehe als Fremder. Ich weiß nicht, wer ich bin oder wofür ich gekommen bin. Die Zeit der Macht hat nur Kummer zurückgelassen. Nach mir sehe ich nur Chaos."

DAS ENDE EINES REICHES

Mit dem Tod von Aurangzeb trat das Mogulreich seinen Niedergang an. Es gab blutige Kämpfe bei jeder Machtübernahme. Aurangzebs Sohn, Muazzam, hielt sich nur fünf Jahre. Zügellose Könige folgten, die unfähig waren, Angreifer fernzuhalten. Mohammad Shah

Rangeela (der Farbenfrohe) überlebt irgendwie dreißig Jahre lang. Als der Perser Nadir Shah kam, um Delhi zu plündern, wurde er vor den Toren des Forts von Delhi erwartet und vom Kaiser selbst auf den Thron gesetzt. Nadir Shah plünderte Delhi und raubte alles Gold und Silber aus den Palästen. Bei seiner Rückkehr nach Persien brachte er den Pfauenthron mit. Die Karawane war so mit Beute beladen, dass die Elefanten und Kamele, die die Beutestücke trugen, nur vier Kilometer pro Tag zurücklegen konnten.

Die Macht der Moguln, die einmal ganz Indien beherrscht hatten, war jetzt auf die Mauern des Roten Forts begrenzt. Außerhalb dieser Mauern waren die Briten die neuen Eroberer. Der letzte Mogulkaiser, der über Indien herrschte, war Bahadur Shah Zafar. Er wurde zum symbolischen Anführer des Aufstands gegen die Briten 1857 gemacht. Es war aber nur das letzte Aufflackern des erlöschenden Licht des Reiches. Die Briten sperrten ihn ein und verbannten ihn nach Rangun in Burma. Er starb dort als gebrochener, jämmerlicher Mann. Als Dichter schrieb er: "Ich bin in meinem Leben so von Unglück verfolgt gewesen, dass ich in meinem eigenen Reich noch nicht einmal zwei Meter Land für mein Begräbnis erhalten konnte."

Die Briten ließen seine drei Söhne hängen und so kam die mächtige Moguldynastie, die in Indien fast dreihundert Jahre lang geherrscht hatte, schließlich zu einem Ende. ◆

Die Pracht des Mogulreiches, die aus dem Schmuck und den Marmorpalästen und -grabstätten mit Halbedelsteinintarsien ersichtlich wurde, fand mit dem Tod Bahadur Schah Zafars ein Ende, dem letzten Mogulkaiser, der 1857 eingesperrt und von den Briten nach Burma verbannt wurde; Kerzen werden zum Andenken an Mumtaz Mahal auf ihrem Grab im Taj Mahal angezündet (unten).

HINDUISMUS

Im Gegensatz zu anderen großen Religionen hat der Hinduismus keinen Gründer und es gibt auch kein religiöses Oberhaupt oder Regelbuch. Die einzigartige Fähigkeit, andere Glaubensrichtungen und Philosophien einzugliedern, statt sie abzulehnen, hat die Religion dynamisch gemacht. Die Grundlage des Hinduismus liegt im Erkennen des *Brahman*, der

kosmischen Macht und höchsten Seele des Universums. Sie ist selbstgegenwärtig, absolut und ewig und alles geht von ihr aus und kehrt zu ihr zurück. Jeder Mensch trägt einen Teil dieser ewigen Seele, dem *Atman*, in sich. Ziel aller Hindus ist, ihre eigene Seele mit der kosmischen Seele zu vereinigen oder aufzulösen - (*Paramatman*).

Puja Samagri, eine Anordnung von Ritualgegenständen, die für die Gebetsfeier der Hindus verwendet wird, schmücken diese Seite. Kokosnüsse, Blumengirlanden, Öllampen und des Klingeln von Glocken sind ein wichtiger Bestandteil des hinduistischen Gebets; und ein Poster, das die heilige Kuh und die Dreieinigkeit des Hinduismus zeigt (unten links).

Paramatman selbst wird nicht verehrt, ist aber der Gegenstand abstrakter Meditation, die die Weisen der Hindus praktizieren, um die Vereinigung mit ihr zu erreichen. Da die ersten Menschen von der Natur abhängig waren, wurden die Naturgewalten die ersten Gegenstände der Verehrung. Das hinduistische Pantheon erkennt deshalb ihre Macht in der Erscheinung von Indra (dem Regengott), Ganga (der Flussgöttin), Chandra (dem Mondgott), Surya (dem Sonnengott), Agni (dem Feuergott) und anderen an. Alles, was einen wichtigen Einfluss auf das Leben hatte, wurde Gegenstand der Verehrung. Aber mit der Entwicklung und dem Fortschritt der Zivilisation nahmen die Götter bald menschliche Formen an.

Das Zentrum der hinduistischen Philosophie ist die allgegenwärtige kosmische Macht, Brahman. Da es schwierig ist, sich auf eine gestaltlose Identität zu

beziehen, wurde Brahman in drei Phasen der Existenz aufgeteilt - Entstehung, Bewahrung und Vernichtung. Alles in unserem Universum muss diese Phasen durchlaufen, ob Stern, Mikrobe oder Mensch. Alles hat einen Anfang und ein Ende. Das ist ein universales Gesetz und nichts kann es ändern. Die Hindus erkennen Brahma als der Gott der Schöpfung an, Vishnu als Gott der Bewahrung und Shiva als der Gott der Zerstörung.

Hinduistische Götter und Göttinnen werden an verschiedenen Orten und in ihren verschiedenen Gestalten angebetet, einschließlich ihrer Fortbewegungsmittel, die meistens Tiere, oft Vögel, sind. Die Gebtetsrituale und Gegenstände sind so verschieden wie das Land selbst, wie diese Fotos verschiedener Tempel des Landes zeigen.

B

RAHMA, DER GÖTTLICHE SCHÖPFER

Brahma, der erste der hinduistischen Triade und Schöpfer des Universums, ist durch seine vier Köpfe erkennbar. Ursprünglich hatte Brahma fünf Köpfe, aber einer wurde durch einen sengenden Blick vom dritten Auge eines erzürnten Shiva verbrannt. Brahma wird gewöhnlich mit einem Bart und vier Armen dargestellt, die ein Zepter, einen Wasserkrug (*Lota*), einen Rosenkranz und die Vedas, die alten Bücher der Erkenntnis, halten. Sein Gemahlin

Ein Götzenbild des vierköpfigen Brahma in Somnathpur, Mysore (ganz links); und in Mandore (links); der Eingang des Brahma-Tempels in Pushkar, Rajasthan (unten, links); Brahma auf Schwänen reitend in einer Zeichnung der Höhlentempel auf der Elephanta-Insel in der Nähe von Mumbai (unten); Brahmas Gemahlin Saraswati ist die Göttin der Gelehrsamkeit (unten).

ist Saraswati, die Göttin der Erkenntnis, da Entstehung ohne wahre Erkenntnis unmöglich wäre. Sein Fortbewegungsmittel ist der Schwan. Obwohl Brahma in allen religiösen Ritualen angebetet wird, gibt es im ganzen Land nur zwei Tempel, die ihm gewidmet sind. Der bekanntere der beiden ist in Pushkar in der Nähe von Jaipur. Einmal im Jahr in der Vollmondnacht des hinduistischen Mondmonats Kartika (Oktober-November), wird ein religiöses Fest zu Ehren Brahmas abgehalten. Tausende von Pilgern kommen von weither, um im heiligen See neben dem Tempel zu baden.

Es wird gesagt, dass Brahma sich selbst erschuf, in dem er zuerst das Wasser hervorbrachte. In dieses legte er einen Keim, der später ein goldenes Ei wurde. Aus diesem Ei wurde Brahma geboren, Schöpfer aller Welten. Der Anfang des Universums war der Klang 'Om', mit dem alle Hindus ihre Gesänge beginnen, 'Ommmmm ...' Der Klang schließt die Vergangenheit, Gegenwart und Zukunft des gesamten Universums ein.

VISHNU, DER BEWAHRER

Im Gegensatz zu Brahma sind Vishnu unzählige Tempel gewidmet. Er hat auch vier Arme, hält als Erkennungszeichen aber ein Muschelhorn und einen Diskus. Narayan ist ein anderer Name für Vishnu - 'Nara' steht für die Gewässer, in denen er auf dem Bett der eintausend-köpfigen Kobra Anantha oder Sesha lebt. Die Kobra symbolisiert die kosmische Energie, während das Wasser für ewige Glückseligkeit steht.

Der Diskus (*Chakra*) steht für Rechtschaffenheit (*Dharma*), während das Muschelhorn (*Shankh*) für den kosmischen Laut 'Om' steht. Die Keule (*Gada*) symbolisiert die Eliminierung des Übels und der Lotus, auf dem Brahma sitzt, ist ein Symbol der Schönheit und Reinheit.

Sein Gemahlin ist Lakshmi, die Göttin des Reichtums, denn ohne Reichtum wäre die Bewahrung unmöglich. Vishnus Fortbewegungsmittel ist Garuda, die mythologische Kreatur, die halb Vogel, halb Mann ist.

Vishnu auf einer siebenköpfigen Schlange im Somnathpur-Tempel (oben); eine der seltenen Malereien von Vishnu, die alle seine neun Verkörperungen zeigt, im Bundesstaat Orissa (rechts); eine Wandmalerei im Samode-Palast, die Vishnus Verkörperungen zeigt (oben rechts); und zwei Versionen von Vishnus Gemahlin Lakshmi über den Eingängen indischer Häuser (gegenüberliegende Seite).

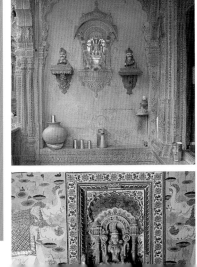

Jedes Mal, wenn das Böse Terror verursacht hat, ist Vishnu zur Erde hinabgestiegen, um Dharma, die Gerechtigkeit, wieder herzustellen. Im Laufe der Jahrhunderte ist er in neun *Avataras* oder "Inkarnationen" erschienen.

MATSAYA, DER FISCH

In seiner Fischinkarnation hat Vishnu Manu, den Urahnen des Menschengeschlechts, vor katastrophalen Überschwemmungen gerettet, die die ganze Welt zu ertränken drohten. Im Verlauf der Geschichte, die Erinnerungen an die biblische Geschichte von Noah und der Arche hervorruft (aber viel älter ist), stößt Manu auf einen winzigen Fisch und kümmert sich um ihn. Bald wächst der Fisch zu so einer riesigen Größe an, dass er nur im Meer Platz findet. Manu erkennt seine Gottesmacht und betet den Fisch an.

Vishnu erscheint jetzt vor Manu und sagt ihm die Katastrophe voraus. Als die Überschwemmung kommt, besteigt Manu zusammen mit den heiligen Männern und den Samen aller Lebewesen ein Schiff, das er zu diesem Zweck vorbereitet hat. Vishnu erscheint dann im Ozean als ein riesiger Fisch und verankert das Schiff an einem sicheren Platz, bis das Wasser zurückgelaufen ist.

In einer anderen Geschichte nimmt Vishnu Fischgestalt an, um Brahmas vom Dämon Haryagriva gestohlene *Vedas* wiederzubeschaffen. Er tötet den Dämon und gibt Brahma die Vedas zurück.

KURMA, DIE SCHILDKRÖTE

Vishnu erscheint als nächstes als Schildkröte, um die Dinge wiederzubeschaffen, die Manu in der Überschwemmung verloren hat. Ihr Rücken wird als Türangel Meeresgrund verwendet, auf dem der Berg Meru abgelegt wird und das Meer wird aufgewühlt, um nach den Dingen zu suchen, die auf dem Meeresgrund liegen. Unter den wiedergefundenen Dingen befinden sich *Amrit* (das lebenspendende Wasser), *Dhanvantri* (der Arzt der Götter und Besitzer von Amrit), Lakshmi (die Göttin des Reichtums), Sura (die Göttin des Weins), Chandra (der Mond), Rambha (eine Nymphe) und Surabhi (die Kuh der Überflusses).

VARAHA, DER RIESENEBER

In seiner Eberinkarnation birgt Vishnu *Prithvi* (die Erde) aus den Klauen des Dämons Hiranyaksha, der sie zum Meeresgrund verschleppt hatte. Vishnu taucht zum Meeresgrund und bringt die Erde nach einem langen Kampf in Sicherheit.

NARASIMHA, DER LÖWENMANN

Dem Dämonen Hiranyaksha wurde der Segen gewährt, dass weder Mensch noch Tier ihn erschlagen konnten. Er konnte weder im Himmel, noch auf der Erde und weder während des Tages, noch in Nacht getötet werden. Diese riesige Macht wurde bald zu viel für ihn und er begann eine Terrorherrschaft, die sowohl die Menschheit als auch die Götter im Himmel störte. Als sein Sohn sich ihm widersetzte, ergriff ihn der Dämon und sagte, dass ihm keiner zu Hilfe kommen könne, da er, Hiranyaksha, allmächtig sei. Als Vishnu, in seiner Gestalt als halb Mann, halb Löwe dies hörte, entsprang er einem Pfeiler im Palast des Dämons. Er hob den Dämon auf seinen Oberschenkel, so dass er weder im Himmel noch auf der Erde war, und befreite schließlich im Morgengrauen, als es weder Tag noch Nacht war, die Welt von dem Fluch.

Darstellungen von Vishnu aus dem 7. Jahrhundert, wie er Prithvi, die Erdgöttin, in Ellora rettet (gegenüber, unten); Vishnu tötet den Dämonen Hiranyakashipu (oben); Vishnu als Vamana misst Erde und Himmel aus, Osian (rechts); Vishnus Gemahlin Lakshmi (gegenüberliegende Seite, Mitte); Chola-Bronze von Vishnu aus dem 9. Jahrhundert (gegenüberliegende Seite, ganz links); Matsaya Avatara (gegenüberliegende Seite, oben).

VAMANA, DER ZWERG

König Bali gab sich der Buße hin und wurde infolge des ihm gewährten Segens so stark, dass er die drei Welten in Besitz nahm und dann Terror über alle drei brachte.

Schließlich erschien Vishnu vor ihm als Zwerg und bat ihn um ein kleines Stück Land. Aufgrund der geringen Größe des Zwergs gewährte Bali ihm Land als Eigentum, das drei seiner Schritte groß war. Vishnu wuchs jetzt zu riesiger Größe an, so groß, dass einer seiner Schritte die Erde und der zweite den Himmel bedeckte. Mit seinem dritten Schritt stieß er Bali in die Hölle, dem einzig verbleibende Zufluchtsort, des Dämons.

PARASHURAMA, RAMA MIT DER AXT

Parshurama war der fünfte Sohn des Brahmanen Jamadagni und seiner Frau

Teil von Vishnus
neun Inkarnatio-
nen sind die beiden
beliebtesten -
Rama, der Held
des Epos
Ramayana, und
Krishna. Rama
wird immer mit
Pfeil und Bogen
dargestellt
(rechts); eine
Malerei im
Orchha-Palast zeig
Rama am Hof in
Ayodhya (oben).

Renuka. Kartavirya, ein König der Kshatriya, hatte eintausend Arme und war unverwundbar. Eines Tages kam der König der Kshatriya zu Jamadagnis Hütte und stahl sein heiliges Kalb. Das machte Parshurama so wütend, dass er den König mit den tausend Armen tötete.

Als Vergeltung töteten Kartaviryas Söhne Parshuramas Vater. Das machte Parshurama so rasend, dass er mit seiner tödlichen Axt die ganze Kshatriya-Kaste einundzwanzigmal tötete, so dass die Seen mit ihrem Blut gefüllt waren. Er gab dann Kashyapa die Erde als Geschenk.

RAMA ODER RAMCHANDRA

Rama, der älteste Sohn des Rajas Dasharatha von Ayodhya, ist das Vorbild aller indischen Männer. Außer idealem König war er war auch der ideale Bruder, Sohn und Ehemann. Seine Frau Sita wurde von Ravana, dem Dämonenkönig von Lanka, entführt, während er auf Anweisungen seiner Stiefmutter vierzehn Jahre lang in die Wälder verbannt war . Rama und sein Bruder Lakshman, zusammen mit einer von Hanuman geführten Armee von Affen, zogen aus, um Krieg gegen Ravana zu führen, zerstörten seine glitzernde Stadt und befreiten die Erde vom Übel. Das Ramayana ist das großartige Epos, in dem diese Erzählung festgehalten wurde.

KRISHNA

Vishnus achte Verkörperung nimmt einen besonderen Platz in den Herzen von Millionen von Hindus ein.

Seine Streiche als Kind, sein Liebesverhältnis mit den Gopis-den Kuhhirtinnen von Vrindavan - und anderen Erzählungen werden immer wieder in der Literatur, Kunst, Musik und dem Tanz wiedergegeben. Seine Rede an den ältesten der fünf-Pandava Brüder auf dem Schlachtfeld in Kurukshetra (mit 100 Kaurava-Vettern dauraf wartend, gegen sie in den Krieg zu ziehen), ist Thema des göttlichen Liedes, der Bhagawad Gita, die wiederum Teil eines anderen großen indischen Epos ist, der Mahabharata. Krishna hatte als junger Mann den Dämonen Kansa und Kaliya, den König der Schlangen, getötet, die in den Gewässern des Jamuna wohnten.

Vishnus achte Inkarnation, Krishna, und seine Gemahlin Radha sind Hauptthemen der Arbeiten indischer Künstler und werden auf vielen Gemälden in Palästen und Wohnhäusern der Reichen (*Havelis*) gezeigt (oben) und sind Thema von Tanzdramen im ganzen Land; eine Skulptur des Flöte spielenden Krishna des 15. Jahrhunderts, Somnathpur (links).

BUDDHA

Hindus betrachten Buddha als Vishnus neunte Inkarnation. Freskomalerei von Buddha aus dem fünften Jahrhundert, Ajanta Höhlentempel (oben); buddhistische Gebetsmühlen (rechts); die Skulptur von Buddha aus der Gandhara-Region zeigt die Beliebtheit der Religion auf dem Subkontinent (rechts unten).

Heute sind die Gelehrten der Meinung, dass Vishnus letzte Inkarnation nur eine Taktik der Brahmanen widerspiegelt, um vom Buddhismus beeinflußte hinduistische Anhänger in ihrer Gemeinde zu halten.

Da Buddha selbst in eine hinduistische Familie hineingeboren wurde, wäre es für die meisten Hindus akzeptabel gewesen, da Buddha als Guru angefangen hatte. Es war erst nachdem der Buddhismus weit verbreitet war, dass die hinduistischen Priester von den Einschnitten Notiz zu nehmen begannen, die er für den Hinduismus bedeutete. Sie könnten dann Buddha einfach in ihren eigenen Götterpantheon aufgenommen haben.

KALKI, DER ZUKÜNFTIGE GOTT

Die zehnte und laut Mythologie letzte von Vish-

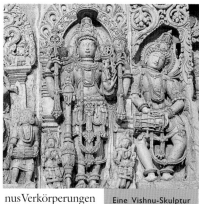

nus Verkörperungen soll während Kaliyug kommen, dem Zeitalter, in dem wir jetzt leben, um die Welt vom Übel zu befreien. Vishnus Inkarnation wird sich auf einem Pferd sitzend zeigen und Gerechtigkeit vor dem Ende der Welt wiederherstellen.

Eine Vishnu-Skulptur in Somnathpur (oben); Vishnu sitzt auf dem Schlangenkönig Sesha, Kanchipuram (rechts); Silbermünzen mit der Abbildung von Vishnus Gemahlin Lakshmi, Göttin des Reichtums (unten); Tempeleingang mit Vishnu und Lakshmi (unten rechts).

Vishnus Avataras sind bereits seit Jahrtausenden das Thema indischer Bildhauer. Die Bilder der verschiedenen Verkörperungen können in allen großen mittelalterlichen Tempeln gesehen werden. Khajuraho, der wahrscheinlich am meisten besuchte mittelalterliche Tempel, hat sehr viele von ihnen. Das beachtlichste Bild ist das der Eber-Inkarnation (Varaha) vor dem Lakshmana Tempel. In den Städten gibt es zahlreiche Krishna-Tempel. Delhi hat einen wunderschönen Lakshmi-Narayan Tempel, der Vishnu, Lakshmi, Durga und Krishna gewidmet ist. Er bietet eine interessante Einführung in die hinduistischen Götter und Göttinnen.

SHIVA, DER ZERSTÖRER

Shiva, die dritte Gottheit in der hinduistischen Dreieinigkeit, wird durch starke Eigenschaften gekennzeichnet. Als Rudra ist er der Zerstörer und als Shiva die reproduktive Kraft, die kontinuierlich wiederherstellt, was zerstört

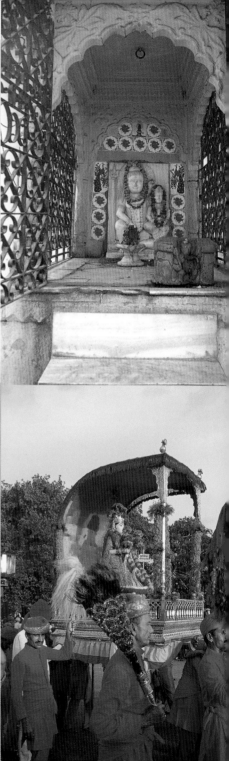

Es wird gesagt, dass von allen Göttern im hinduistischen Pantheon Shiva am leichtesten zufrieden zu stellen sei. Ein 'Bahrupia', ein Mann mit vielen Gesichtern, spielt Shiva bei einem religiösen Umzug (links); Shiva mit seiner Gemahlin Parvati in einem Schrein am Straßenrand (oben); eine Silberstatue von Parvati bei einem Umzug während des Teej-Festes in Jaipur (rechts).

Ein Fahnenmast aus Bronze mit Shiva und Parvati, auf Nandi sitzend, im Brihadishvara Tempel in Tanjore (oben rechts); Shiva und Parvati über einem Palasttor (oben); Nandi gegenüber dem Shiva-Tempel im Himalaya (Nepal) (oben); eine 1,5 Meter hohe, vergoldete Bronzekobra aus dem 16. Jahrhundert schmückt den Shiva-Tempel im Bhaktpur Palast, Nepal (unten rechts).

wurde. Das Symbol der Schöpfung wird in der Form des *Linga* oder *Lingam* (Phallus) dargestellt, während das weibliche Organ, *Yoni*, die weibliche Energie von Shakti darstellt.

Angebetet als *Mahayogi,* der große Asket, der die abstrakte Meditation gemeistert hat, wird Shiva gewöhnlich mit verfilztem Haar und mit Asche beschmi-

ertem Körper gezeigt. Shiva hat ein drittes Auge auf seiner Stirn, das normalerweise geschlossen ist - wenn es geöffnet ist, ist es so stark, dass es alles zu Asche verbrennen kann.

Der Ganges wird häufig als im Flussbett zusammengerollt dargestellt. Laut Legende muss erst die Flussgöttin vom Himmel hinuntersteigen, um die Seelen von König Bhagiraths Söhnen zu retten. Wird ihr Fall aber nicht abgebremst, würde die Erde durch ihre starken Strömungen hinweggespült werden. Shiva wurde für diese Aufgabe gerufen und so kam der Fluss sanft auf der Erde an.

Shiva ist auch als 'Neelkantha' bekannt, der mit dem blauen Hals, da er im

Auftrag der Götter das aus dem aufgepeitschten Ozean geschleuderte Gift geschluckt hat. Er hält einen Dreizack in der Hand und sein Fortbewegungsmittel ist der Stier Nandi; seine Lieblingsstadt ist Kashi (Benares). Er wohnt auf dem Berg Kailash im Himalaya.

Nandi, Shivas Fortbewegungsmittel, steht dem ursprünglichen Vishwanath-Tempel in Varanasi gegenüber (oben); Shiva als kosmischer Tänzer Nataraja auf einer Chola-Bronze (unten); Shiva gewährt dem Heiligen Chandesha Gnade, 11. Jahrhundert, Gangaikundacholapuram (rechts); Shiva als schreckliche Erscheinung von Bhairava, dem Zerstörer des Bösen (gegenüberliegende Seite).

Eine andere weitverbreitete Darstellung Shivas ist in der Gestalt des kosmischen Tänzers Nataraja. Bronzestatuen des tanzenden Shiva können in verschiedenen Museen in Indien und in mehreren Tempeln im Süden gesehen werden. Dieser Darstellung ist die von Shiva in der Tribhanga-Form, d.h., wenn eine Skulptur drei verschiedene Winkel hat. Er ist von einem Feuerkreis umgeben, der das Fortbestehen des

Ein 'Bahrupia' als Shiva verkleidet (gegenüberliegende Seite, ganz links); Shiva als Nataraja (gegenüberliegende Seite, oben links); die Götter versuchen, Anfang und Ende von Shivas *Lingam* zu sehen (gege-nüberliegende Seite, links); ein Brahmanen-Priester vor einem Shiva-Lingam Tempel (oben); zwei Shiva-Statuen, die zeitlich 1300 Jahre auseinanderliegen (oben rechts); die Göttin Ganga in Ellora (unten); eine Chola-Bronze, die Shivas männliche und weibliche Eigenschaften zeigt (rechts).

Universums durch die Entstehung, Bewahrung und Vernichtung symbolisiert.

Das Frauengesicht in Shivas verfilztem Haar ist das der Göttin Ganga, die für die Ewigkeit und Reinheit steht. Er trägt den Mond auf seiner Stirn (sein Zu- und Abnehmen zeigt die Zeit an). Shivas zum Anbetenden erhobene rechte Hand bedeutet Schutz. Die um seinen Hals gewundenen Kobras sind Zeichen der kosmischen Energie. Das dritte Auge auf seiner Stirn verweist auf seine zerstörende Kraft. Ein Dämon unter dem Fuß vertritt den Stolz, den man unterdrücken muss. Shiva als *Ardhanar-ishwara* (halb Ma-nn, halb Frau) symbolisiert die Untrennbarkeit von Materie und Energie. Sein Fortbewegungsmittel, der Stier Nandi, ist Symbol der Standhaftigkeit seiner Anhänger.

GANESHA

Ganesha ist der beliebteste der Hindugötter. Er ist der Sohn von Shiva und Parvati und ist mit seinem Elefantenkopf leicht zu erkennen. Eine interessante Geschichte erzählt, warum dieser beleibte Gott den Kopf eines Elefanten hat. Nach seiner Hochzeit mit Parvati bestieg Shiva den Berg Kailash, um zu meditieren. Er war so mit seiner Meditation beschäftigt, dass viele Jahre vergingen, in denen Parvati einen Sohn hatte, Ganesha. Als Shiva nach Vollendung seiner Meditationen nach Hause zurückkehrte, traf er einen Jungen vor seinem Hauses, der den Eingang bewachte und sich weigerte, jemanden hineinzulassen, weil seine Mutter Parvati gerade innen badete. Shiva wusste nicht, dass er der Vater eines Kindes war und Ganesha, der ihn nie gesehen hatte, konnte seinen Vater nicht erkennen. In seiner Wut haute Shiva deshalb den Kopf des Jungen ab. Eine völlig aufgelöste Parvati bestand darauf, dass Shiva ihr ihren Sohn zurückgeben sollte. Da ihm keine andere Wahl blieb, brachte Shiva Gane-

shas Körper zu Brahma, dem Gott der Entstehung, der ihm sagte, den Kopf des Jungen noch einmal auf seinen Hals zu legen, um ihn wieder zum Leben zu erwecken. Aber der Kopf war weggerollt und somit verschwunden. Ein Kompromiss

wurde gefunden: Shiva sollte das erste Lebewesen töten, das ihm über den Weg lief, und seinen Kopf auf die Schultern seines jungen Sohnes legen. Da dies ein junger Elefant war, hat Ganesha seit jeher einen Elefantenkopf. Parvati befürchtete, dass ihr Sohn verspottet werden würde, aber Shiva

Ganesha-Statuen, Bilder oder Skulpturen schmücken Häuser, Geschäfte und Paläste der Hindus. Die elefantenköpfige Gottheit wird als Gott des Glücks verehrt, der alle Hindernisse im Leben eines Individuums beseitigt. Mittwochs sind Ganesha-Tempel voller Anhänger, die den großzügigen Gott um einen Gefallen bitten. Studierende besuchen seine Tempel, um gute Noten in Prüfungen zu erbitten.

tröstete sie, indem er sagte, dass Ganesha immer vor allen anderen Göttern angebetet werden würde. Dies ist der Grund, warum Ganesha, der Glücksbringer, zuerst bei jedem Ritual oder jeder Zeremonie angerufen wird. Ob es Diwali-Gebete, ein neues Auto oder Studenten sind, die vor ihren Prüfungen beten, es ist immer Ganesha, der ihnen zu Hilfe kommen soll.

Mehrere Erzählungen erklären, warum einer seiner Stoßzähne abgebrochen ist. Einmal, als Ganesha bis zum Nachbardorf spazieren ging, fand er den Weg ermüdend und setzte sich hin, um sich auszuruhen. Als es Abend wurde, ging Chandra, der Mond auf, zog am Himmel entlang und machte sich über Ganesh lustig, sobald er ihn erblickte. Ganesha suchte sich nach einem Wurfgeschoss um, und als er nichts fand, brach er seinen Stoßzahn ab und warf ihn nach Chandra. Seitdem hat der Mondgott Narben in seinem Gesicht und Ganesha einen abgebrochenen Stoßzahn. In einer anderen Geschichte bricht Ganesh seinen Stoßzahn ab, um ihn zum Schreiben zu verwenden. ihm Ihm wurde vom Weisen Vyasa die *Mahabharata* diktiert , als der Stift, mit dem er geschrieben hatte, abbrach, aber gemäß der vereinbarten Abmachung musste die Mahabharata ohne Pause aufgeschrieben werden.

Eine weitere Legende aus den Puranas erzählt davon, wie Parashurama kam, um Shiva zu begrüßen, von Ganesha aber aufgehalten wurden, da er nicht wollte, dass sein schlafender Vater gestört werde. Bei dem sich entfaltenden hitzigen Streit er-

griff Ganesha Parashurama mit seinem Rüssel und warf ihn zu Boden. Parashurama war so wütend, dass er seine stärkste Waffe, die Axt, nach Ganesh warf. Da Ganesha wusste, dass die Waffe ein Geschenk seines Vaters war, fing er den Schlag demütig mit seinem Stoßzahn ab. Das brachte Ganesha

den Namen ‚Ek-Danta' ein, der mit einem Zahn.

Ganeshas rundlicher Körper stellt das Weltall dar. Der gewundene Rüssel symbolisiert den kosmischen Laut 'Om'. Der Kopf des Elefanten steht für Intelligenz. Seine großen Ohren ermöglichen ihm, seinen Anbetern gut zuzuhören. Die Schlange um seine Taille symbolisiert die kosmische Energie. Sein Fortbewegungsmittel ist die Ratte. Im Fort von Ranthambore in Rajasthan gibt es einen Ganesh gewidmeten Tempel, an den seine Anhänger Hochzeitseinladungen und Briefe senden, die laut vorgelesen werden, um um seinen Segen zu bitten.

Der Eingang der meisten hinduistischen Tempel wird von einer Ganesha-Statue geschmückt. Bei religiösen Ritualen wird Ganesha zuerst angerufen, unabhängig von der Gottheit, der die Zeremonie gewidmet ist. Während des Diwali-Festes kaufen alle Hindus neue Ganesha-Statuen, die Gegenstand der Verehrung während des restlichen Jahres werden.

H

ANUMAN

Hanuman, Sohn des Windgottes Pavan und der Tochter des Affenkönigs, Kesari, ist bekannt für seine Stärke und die Fähigkeit zu fliegen. Hanuman tat sich mit Rama in seinem Kampf gegen den Dämonenkönig Ravana zusammen und versengte ganz alleine dessen goldene

Hanuman wird für seine Ergebenheit zu Rama angebetet. Zusammen mit der Affenbrigade (*Vanar Sena*) spielt er eine wichtige Rolle in Ramas Sieg über den Dämonenkönig Ravana. In vielen Bildern kann man ihn auch einen Berg des Himalayas tragen sehen. Wegen Hanuman werden Affen von den Hindus auch als heilig betrachtet.

Stadt Lanka. In demselben Krieg wurde Ramas Bruder Lakshman verwundet und Hanuman entsandt, in die Himalayas zu fliegen, um ein Kraut zurückzubringen, das ihn heilen würde. Unfähig, die Pflanze zu finden, riss Hanuman den kompletten Berg aus und brachte ihn zurück, so dass das Kraut gefunden und für das Heilmittel verwendet werden konnte. Hanuman wurde auch Maruti oder Marutputra in den alten heiligen Schriften genannt. Er beherrschte die Grammatik und gilt als ihr neunter Autor. Seine körperliche Kraft hat sichergestellt, dass er der Herr der ‚Gymnasien' (*Akhadas*) ist.

Zahlreiche Schreine sind ihm gewidmet und Dienstag wird als günstig betrachtet, um ihn anzubeten. Skulpturen und häufig nur rot oder orange bemalte Steine werden für seine Darstellung verwendet.

Abbildungen zeigen ihn häufig mit den Himalayas in der Hand am Himmel fliegend oder seine Brust aufreißend, um seine sehr geliebten Rama und Sita zu offenbaren, die in seinem Herzen wohnen.

Eine Frau, die an einem Schrein am Straßenrand zu Hanuman betet (links). Hanuman ist auch der Schutzgott der örtlichen Turnhallen (*Akharas*), wo das indische Ringen der meistgeschätzte Sport ist. Die Ringer verehren Hanuman für seine große Kraft und Enthaltsamkeit. Dienstag ist der günstige Tag, um zu Hanuman zu beten, wie der Besuch eines Hanuman-Tempels beweist.

SHAKTI, DIE KOSMISCHE ENERGIE

Während die Götter in der hinduistischen Philosophie die Materie verdeutlichen, sind die Göttinnen ein Symbol der Energie. Von den beiden Energien, die das

Universum ausmachen - dynamisch und statisch - vertreten die Göttinnen seine dynamische Natur. Da Materie und Energie sich

Devi ist die Manifestation der göttlichen Energie und wird von Tantrikern und Kriegern verehrt. Sie reitet auf einem Tiger und hat zehn Arme, von denen jeder mit einer Waffe ausgestattet ist. So wird ihre zerstörerische Kraft in einem Wandgemälde des Samode-Palasts in der Nähe von Jaipur dargestellt (oben); als Göttin Durga ist sie die Zerstörerin des Dämonen Mahisasur mit dem Büffelkopf, Mandore (links).

Die Mutter-Göttin Devi hat verschiedene Namen, Eigenschaften und Gestalten wie zum Beispiel Shakti, die weibliche Energie. In ihrer normalen Gestalt ist sie als Uma bekannt. In dieser wird sie als Durga, Chamundi und Bhairavi verehrt. In ihrer schrecklichsten Gestalt ist sie Kali, die Göttin, die eine Girlande aus den Schädeln der üblen Männer trägt, die sie umgebracht hat, um die Welt zu retten.

ergänzen, hat Brahma, Gott der Entstehung, Saraswati, die Göttin der Erkenntnis als Gemahlin. Ohne Erkenntnis ist Entstehung nicht möglich. Vishnu, der Gott der Bewahrung, hat Lakshmi, die Göttin des Reichtums, als seine Gattin. Shiva, der Herr der Zerstörung, hat Parvati zur Frau, die kosmische Energie, die zur Zerstörung erforderlich ist. Diese Manifestation göttlicher Energie nimmt viele Formen an - als Durga tötet sie den Dämonen Mahisasur und kämpft gegen die acht Übel; als dunkle Kali ist sie die Verkörperung der Zeit. Es gibt eine interessante Legende in

den Puranas zur Entstehung der göttlichen Energie. Laut der Erzählung zieht Brahma los, um Shiva über einen Dämon (*Asura*) namens Andhka zu befragen, der zur Bedrohung für alle Götter (Devtas) geworden ist.

Die beiden Götter riefen Vishnu herbei und erschufen dann mithilfe ihrer göttlichen Energien eine schöne Frau, deren Körper die Vergangenheit, Gegewart und Zukunft durch die Farben schwarz, weiß und rot darstellt. Die schöne Frau teilte sich dann in drei Teile - der weiße wurde Saraswati, die Brahma half, das Univer-

sum zu erschaffen; der rote wurde Lakshmi, die Vishnu half, das Universum zu bewahren; und der schwarze wurde Parvati, die mit Shivas Energie gesegnet wurde. ◆

TANTRA

Jahrhunderten n.Chr. verfasst wurden. Diese behandeln ein breites Spektrum von Themen von der Astrologie bis zur Geschichte und Theologie, die meistens als Dialoge zwischen Shiva als dem Guru (Lehrer) und Shakti, seiner Gemahlin und Schülerin veranschaulicht werden. Die Tantra Bewegung erreichte im 10. Jahrhundert n.Chr. ihren Höhepunkt. Tempel wurden überall in Nordindien für die 64 'Yoginis', die tantrischen Göttinnen, gebaut. Im goldenen Zeitalter der indischen Kunst formten tantrische Steinmetze die bemerkenswerten erotischen Friese in Khajuraho und Konarak.

Hindu Tantra ist als ein mystischer, aber sehr ausführlicher Pfad zur ekstatischen Befreiung entwickelt worden, der sich die unendlichen Energien von Körper und Geist zu nutze macht. Es ist ein Yoga der Taten, nicht

Tantra hatte zwei Hauptstränge - den linken (Vama Marg) und den rechten Pfad (Dakshina Marg). Während der rechte Weg

der abstrakten Betrachtung. Anstatt sich die Früchte weltlicher Vergnügen zu entsagen, bemühen sich Tantriker (diejenigen, die Tantra praktizieren), das größtmögliche Vergnügen aus ihnen zu gewinnen. Die Erfahrung oder Verwirklichung ihres Vergnügens erreicht solche Höhen, dass die freigesetze Energie das Bewusstsein auf die Spitze der Erleuchtung bringen kann.

Das Wort Tantra bedeutet 'Erweiterung' des Bewußtseins. Es bezieht sich auf die 64 Tantras (religiöse Texte), die vom 5. bis 8.

Die Vereinigung der männlichen und weiblichen Energie - Shiva und Shakti - in einem Wandgemälde im Fort von Jodhpur (oben); eine tantrische Figur aus Silber aus dem 18. Jahrhundert (rechts); und Bilder, die verschiedene Energiezentren des menschlichen Körpers zeigen (oben rechts und gegenüberliegende Seite).

von den eher konservativen Tantra-Anhängern ausgeübt wurde, die sich auf die intellektuelle Interpretation der Texte konzentrierten, war der linke Pfad durch esoterische Rituale und Körpermagie gekennzeichnet, besonders den Geschlechtsverkehr.

Tantriker lehnten gew-öhnlich die Idee einer entfernten, transzendenten Gottheit, die nur durch Meditation erfahren werden konnte, ab. Stattdessen verehrten sie Shakti, die greifbare Kraft der Gottheit, die sich in Form von Shakti, der Göttin, manifestierte. Das ließ sie glauben, dass Frauen die Trägerinnen der göttlichen Kräfte seien. Die Vereinigung der männlichen und weiblichen, transzendenten und immanenten Gottheit wurde durch den ritualisierten Geschlechtsakt symbolisiert.

Tantra verbindet körperliche sexuelle Energie mit dem Streben nach der Aufhebung von Gegenteilen und sieht den Kör-per selbst als eine Pflanze, deren Wurzeln von der reinen Energie reiner Gottheit genährt werden. Wie bei dem Trieb einer Pflanze wurde sich diese Energie als ein Netzwerk von Adern vorgestellt, das, wie die Tantriker glaubten, einen 'zarten Körper' direkt über dem Verlauf des Rückgrats bildete.

Tantriker wurden ritualistisch in ihre Sekten durch den Geschlechtsakt mit einem weiblichen Machtträger initiiert. Man glaubte, das der Geschlechtsverkehr den Prozess der Entstehung wiederholte, wodurch die 'rote Energie' der Yoni (Vulva) durch die 'weiße Energie' des Samens ständig befruchtet werde. ◆

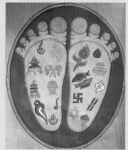

KARMA

Hindus glauben an die Reinkarnation. Sie messen dem Leben nach dem Tod Bedeutung bei und sind davon überzeugt, wie ihr Schicksal nach dem Tod auf den Taten ihres gegenwärtigen Lebens beruht. Die Taten oder Handlungen eines vorherigen Lebens werden Karma genannt. Das gegenwärtige Leben ist daher nichts anderes als die Aus-wirkung der Taten eines vorherigen Lebens. Das ist durchaus dem Säen von Getreide ähnlich, wo die Sorte des Saatguts die Qualität des Getreides in der kommenden Erntezeit bestimmt.

Für die Hindus ist der Tod dem Wechsel von Kleidung nicht unähnlich, denn die Seele wechselt einen Körper nach dem Tod auf ähnliche Weise. Ziel jeden Hin-

Karma ist die Reflexion unserer Taten des vorigen Lebens, wie sie sich im gegenwärtigen Leben offenbaren. Ein Mensch versucht ständig, sein Karma durch Befolgung des Glaubens und gute Taten zu verbessern. Das höchste Ziel ist, sich vom Kreislauf der Geburt und Wiedergeburt zu befreien und die ewige Glückseligkeit (*Moksha*) zu erreichen.

dus ist sicherzustellen, dass sich die Seele eines Individuums (*Atman*) mit der kosmischen Seele (*Paramatman*) vereinigt.

Die Mahabharata erzählt von einem anderen wichtigen Ereignis in der indischen Mythologie. Am Vorabend des großen Kampfs war Arjuna, der tapferste der fünf Pandava-Brüder, unschlüssig über die Notwendigkeit zu käm-pfen, denn auf der anderen Seite stehen seine eigenen Cousins.

Krishna ist als Arjunas Wagenlenker auf dem Schlachtfeld anwesend und hält ihm einen der Vorträge, die jetzt weithin als Bhagawad Gita bekannt sind. Die Essenz des Gesprächs, das allen Indern bekannt ist, liegt darin, dass Karma Dharma erzeugt: oder dass gute Tat die Religion eines jeden sind.

Es gibt einen starken Glauben an das Schicksal: Es geschieht, was zu geschehen hat. Dies sollte nicht entweder mit Faulheit oder Schicksalsergebenheit verwechselt werden, denn wenn das vorherige Leben seinen Schatten auf die Gegenwart geworfen hat, dann wird sich auch die Reaktion darauf auf das folgende Leben aus-wirken.

Hindus glauben, dass es in diesem Zyklus von Geburten und Wiedergeburten 52 Millionen Geburten dauert, bis man als Mensch geboren wird. Ein-

mal erworben, sollte dieser Status nicht mit schlechtem Karma vergeudet werden, weil das auf rückwirkende Inkarnationen hinauslaufen würde: zum Beispiel die Geburt als Leprakranker oder Tier. Unser menschliches Leben bietet uns die Gelegenheit, uns über den Zyklus von Geburt und Wiedergeburt zu erheben. Dieser Zustand ist als *Nirwana* oder *Moksha* bekannt.

Es ist schwierig, diese ewige Wahrheit zu erreichen, denn der illusorische Materialismus der Welt lenkt uns oft von der Erkenntnis der echten Wahrheit ab. Dieses Trugbild heißt Maya, eine Welt, in der Reichtum, Eigentum, Egoismus, Neid

und Beziehungen Versuchungen schaffen. Der Hinduismus glaubt, dass nichts in dieser Welt dauerhaft ist. Genau so wie die Lotusblüte sich vom stehenden Wasser, das es umgibt, erhebt, so sollen wir uns auch von den weltlichen Wünschen des Maya erheben. Die Anerkennung dieser Wünsche und ihre Abwehr bilden die Grundlage östlicher Lebensanschauungen wie dem Hinduismus, Jainismus und Buddhismus.

Dies kann vielleicht die Abwesenheit von Stress in der indischen Lebensweise erklären. Denn wenn es noch etwas Unvervollständigtes in diesem Leben gibt, so bietet das nächste Leben Gelegenheit, die Aufgabe zu beenden. Die westlichen Religionen und Philosophien gehen hierauf nicht ein. ◆

'Was man säet, wird man ernten' ist die Essenz des Karma-Gesetzes. Laut Bhagawat Gita sollte das Karma eines Menschen einschließen, seine Arbeit gut zu verrichten und ohne sich um den Gewinn zu sorgen. Die Sati-Hände (links) und die Einäscherungen am Flussufer zeigen das Ende der Lebensreise an, die auf *Moksha* zielt, der Befreiung von der irdischen Existenz.

REMEMBRANCE

Major B.B. Rana, 13th Battalion, The Dogra Regiment (7 March, 1959 - 25 March, 1995). In fond and loving memory of Major B.B. Rana, who left us for heavenly abode on 25 March, 1995. All these passing years have not dimmed your memory. Your cheerful presence and lust for life a source of inspiration to all around you is missed in every moment of our life. You are always remembered in every breath and endeavour of ours. On this day we pray for eternal peace for you in the Valhalla. We all miss you - Binita (wife), Aishwarya, Ojaswi (daughters) and all family members, Kathmandu, Nepal.

Aditya Miglani (22.1.1972 - 25.3.1996). Dearest Aditya, four years have passed since you left us. We keep on missing you all the time. That heartache, the lump in the throat does not go. You were such a wonderful boy - a brilliant and bright Computer Engineer, an obedient son, a loving brother - with strictly disciplined habits and extreme sense of integrity - indeed all basic values of life. We not only lost you - with you, we also lose faith in our God, faith in our prayers, in fact faith in total value system. We are trying to revive faith in God but it is still in vain. This is not a complaint. You always did us proud. We always loved you. We still do. We shall always do. Your Mummy and Papa (Sushma and Mandhir Miglani).

OBITUARY
May his soul rest in peace

Born on	18-04-1983
Expired on	20-03-2000
Viswanathan	Father
Ranjani	Mother
Srividhya	Sister
Grandparents	

YOGA

◆

Yoga ist ein praktischer Pfad zur Selbstverwirklichung, ein Mittel zur Aufklärung durch Reinigung des ganzen Menschen, so dass Körper und Geist die absolute Wirklichkeit erfahren können, die hinter den Trugbildern des täglichen Lebens liegt. Es ist eine der berühmtesten der philosophischen Traditionen des Hinduismus, die heutzutage von Hindus, Christen, Agnostikern und Atheisten gleichermaßen ausgeübt wird.

Yoga ist weniger eine Religion als eine Form der spirituellen Weiterentwicklung, bei der Körperbeherrschung das Bewusstsein beeinflusst und die Konzentration der Gedanken den darin bewanderten die Beherrschung der Materie einbringt. Es wird gesagt, dass selbst einfache Übungen den Bewanderten yogische Kräfte verleihen, wie zum Beispiel das freie Schweben, wofür Yoga bekannt ist.

Fortgeschrittene Yogis behaupten, außergewöhnliche Kräfte, wie die Fähigkeit nach Wunsch zu verschwinden, zu besitzen, aber sie verwenden sie im allgemeinen nicht öffentlich. Während Raja Yoga den Körper als ein Trugbild zurückweist, verwendet Hatha Yoga ihn als eine Methode der Befreiung. Hatha Yogis üben ein 'Yoga der Stärke' aus, um den Körper zu disziplinieren und

reinigen, so dass sie einen neuen feinen Körper bauen können, der vor Karma und Krankheit geschützt ist. Einmal gereinigt, erreicht der feine Körper-Geist den ekstatischen Zustand von *Samadhi* und intensive Meditation führt dann zu seiner Befreiung.

Beim Kundalini Yoga wird die Einheit von Shiva und Shakti mit dem feinen Körper des Bewandten gesucht, indem die „Schlange" der immanenten weiblichen Kraft zum Energiezentrum auf dem Kopf gebracht wird, dem Ort der transzendenten Gottheit.

Mit anderen Worten ist Yoga eine Übung, die der Einheit von Geist und Materie hilft. Dieses erreicht man durch gezielte Körperschulung, nämlich durch eine Mischung von 84 *Asanas* oder Positionen. Die grundlegendste und effektivste von ihnen ist *Padmasana*, der Lotussitz. Die meisten indischen Gurus, sowie Buddha und Mahavira, werden gewöhnlich in dieser Position sitzend dargestellt.

Meditation, der erste Schritt: Man nehme einen kleinen Teppich und lege ihn auf den Boden. Darauf sitzt man mit gekreuzten Beinen im Padmasana, dem Lotussitz, und stellt sicher, dass die Wirbelsäule aufrecht ist.

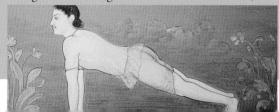

Laut den Schriften ist *Prabhat*, die Zeit der Dämmerung vor dem Sonnenaufgang am besten zum meditieren. Deshalb meditieren die meisten Leute zu dieser Zeit und können in Stadtparks oder den Ghats von Varanasi dabei beobachtet werden.

Im Lotussitz fängt man mit den Atemübungen (Pranayama) an. Als wichtigste lebensspendende Kraft sollte die Atmung reguliert werden, so dass sich der Bauch mit dem Atemzug einzieht und ausdehnt. Sobald ein Rhythmus gefunden ist, sollte man anfangen einzuatmen und dann den Atem anzuhalten. Beim Ausatmen soll man lernen, ‚Om' aus dem Bauch heraus zu sagen und dabei den Ton anzuhalten, solange der Atem reicht. Wenn man dies wiederholt wird man eine Leichtigkeit des Körpers und einen Eindruck von Ruhe beobachten. Bald wird sich auch die völlige Konzentration einstellen, ein Zustand von *Dhyana*.

Prana, die lebensspendenden Kräfte des Körpers, werden durch *Nadis* genannte Kanäle geleitet. Um die Konzentrationsfähigkeit (Dhyana) zu verbessern, ist es am besten, eine Öllampe bei den Atemübungen (*Pranayama*) zu verwenden. Die Lampe sollte in einem dunklen Raum aufgestellt werden und man selbst in angenehmer Entfernung von ihr sitzen und dabei auf die Spitze der Flamme blicken. Man sollte den Blick so lange halten wie man kann, dann die Agen schließen und feststellen, dass man das Bild noch im Geiste vor sich hat. Das ist, weil das sechste *Chakra* oder das dritte Auge (wissenschaftlich Epiphyse oder Zirbeldrüse) das Bild der Flamme noch für eine lange Zeit festhält.

Man sollte sich nicht entmutigen lassen, wenn es anfangs nur eine kurze Weile anhält, schließlich wird auch das Laufen nicht an einem Tag gelernt.

Der menschliche Geist ist wie ein kleiner Vogel, der nicht lange an einem Platz bleibt. Es ist normal, dass unsere Gedanken ständig unsere Konzentration stören. (Nur ein Yogi kann seine Gedanken kontrollieren und alle inneren Dialoge anhalten.) Aber diese einfachen, leicht zu folgenden Yoga-Übungen werden einen deutlichen Unterschied im täglichen Leben hervorrufen. Man fühlt sich leichter und findet es einfacher, Gefühle wie Eifersucht, Angst, Begierde und das Ego unter Kontrolle zu bringen. ◆

Yoga ist eine alte indische Wissenschaft, die der Vereinigung von Körper und Geist hilft, und zwar durch das Trainieren des Körpers in verschiedenen Haltungen, die als *Asanas* bekannt sind. Die grundlegendste, am weiten verbreitetste und effektivste ist der Lotussitz (*Padmasana*) (oben).

SADHUS, INDISCHE ASKETEN

Das Thema, dass die materielle Welt eine Illusion (Maya) ist, wird wiederholt in der hinduistischen, buddhistischen und Jain-Philosophie aufgeworfen. In der hinduistischen Tradition sind *Sadhus* Asketen, die einem Pfad der Buße und Strenge folgen, um Erleuchtung zu erreichen. Daran glaubend, dass die Welt durch die kreative Kraft des Maya gemacht werde, sind Sadhus Entsager, die weltliche Bindungen und ein Leben der Taten zurückweisen, um sozusagen vorige Handlungen zu löschen und sich so in die Welt der göttlichen Realität freizusetzen.

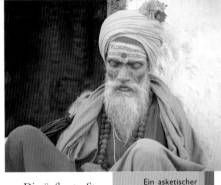

Die äußerste Strenge einiger Sadhus kennzeichnet sie in Indien nicht als religiöse Fanatiker, da der Verzicht auch die vierte Phase der Askese - nach dem Familienleben - im Leben eines strenggläubigen Hindus sein kann.

Viele Sadhus imitieren Shivas mythologisches Leben, dem größten aller Asketen. Sie tragen einen symbolischen Dreizack und drei Streifen Asche auf ihrer Stirn, um Shivas dreifache Erscheinung zu verdeutlichen und seine asketische Suche nach den drei Unreinheiten - Eigennutz, Handlung durch Begierde und Maya – um sie zu zerstören.

Die zweiseitige Trommel des Sadhus symbolisiert die Vereinigung von Shiva und Shakti und durch Anbetung von

Ein asketischer Anhänger von Shiva, als *Sadhu* bekannt, malt mit Sandelholzpaste das heilige Zeichen auf seine Stirn (oben); ein anderer Sadhu meditiert bei Tagesanbruch (links); ein Sadhu mit seinen Schülern in Ostindien (gegenüber, oben); ein Bahrupia als Shiva verkleidet (gegenüber, Mitte); und ein Sadhu mit einer Python um seinen Hals (gegenüber, unten).

Linga, ehren die Sadhus Shivas greifbare Gestalt. Die safran-farbenen Gewänder oder die Lendenschurze, die von vielen Sadhus getragen werden, wurden symbolish im fruchtbaren Blut von Parvati, Shivas Gemahlin, gewaschen.

Sadhus sind ein allgemeiner Anblick auf den Straßen des Landes und überleben durch Spenden (*Bhiksha*), wofür sie im Austausch die Lebensphilosophie in einer für Laien verständlichen Sprache erklären. Unter den Sadhus sind die Naga am hervorstechendsten, da sie, nur von heiliger Asche (*Vibhuti*) bedeckt, ansonsten nackt bleiben und ihr Haar in Rastalocken (*Jata*) wachsen lassen.

Die Sadhus werden in drei wichtige Glaubensgemeinschaften (*Akhadas*) eing-eteilt, die vom großen Weisen Adi Shankaracharya im 8. Jahrhundert gegründet wurden. Er eröffnete vier Zentren (*Maths*) in den vier äußersten Regionen Indiens. In diesen Akhadas werden die Sadhus gelehrt, ihren Geist und Körper zu kontrollieren und Yoga zu meistern.

Die Markierungen auf ihrer Stirn beschreiben nicht nur die Sekte, der sie angehören, sondern auch jede Untersekte. Wenn die Sadhus Städte oder Dörfer besuchen, bietet ihnen jeder Wohnungsinhaber, je nach seiner finanziellen Lage, freiwillig Essen, Geld und Kleidung an. Die meisten Sadhus kochen ihr eigenes Essen. Mit Ausnahme religiöser Versammlungen wie der ʻKumbha

Mela' und 'Pushkar Mela', wo sie monatelang verweilen, bleiben Sadhus selten an einem Ort und übernachten in einem Ashram, Tempel oder Einäscherungsgrund.

Die Einführungszeremonie in den Mönchsorden beinhaltet auch die Sterbesakramente, die ein Anfänger selbst durchführen muss. Diese symbolisieren seinen Ausbruch von der Vergangenheit und den Eintritt in ein neues Leben. Das ist der Grund, warum ein Sadhu nach seinem Tod nicht kremiert, sondern entweder begraben oder ins Wasser gebracht wird (*Jal Samadhi*). Sadhus verbringen gewöhnlich die ersten Jahre der Abkehr mit ihren Gurus, die sie durch das traditionelle Rasieren ihrer Köpfe symbolisieren. Wenn sie völlig mit den spirituellen und yogischen Künsten vertraut sind, verlassen sie den Schutz ihres Gurus, um durch die Straßen und Wälder zu ziehen. Sie bleiben nie lange an einem Ort, weil sie glauben, dass die Bewegung Körper und Geist fit hält und das Verharren an einem Ort zur Stagnation führt.

Das Leben eines Sadhus ist durch Buße und Strenge gekennzeichnet, um Erleuchtung zu erlangen. Sadhus sehen die Welt als Trugbild (*Maya*) an. Sie bedecken ihren Körper mit Asche, um sie an das Ende zu erinnern. Ihr Haar wächst jahrelang und wird *Jata* genannt, die Almosenschale *Kamandal*.

Die größte Anzahl von Sadhus gehört dem Juna Akhada an, das für die Strenge seiner Buße und die yogischen Leistungen seiner Mitglieder bekannt ist. Bußtaten wie das Stehen auf einem Bein oder einen Arm in die Luft halten - und zwar für zwölf Jahre - , sollen die Akhadas zu beachtlichen Kräften geführt haben, wie freies Schweben, Unsichtbarkeit und die Fähigkeit, auf jede beliebige Größe zu wachsen oder zu schrumpfen. Viele Mitglieder der Sekte führen Bußen wie das tagelange Vergraben ihrer Köpfe im Boden durch, um Almosen von Vorübergehenden einzuholen. ◆

DIE KUMBHA MELA

◆

Das Peitschen der Meere, aus denen der heilige Wassertopf (*Kumbh*) erscheint (links); Millionen baden im Ganges anlässlich des großen Kumbh (gegenüberliegende Seite, unten); ein Bild der Göttin Ganges rittlings auf einem Krokodil (gegenüberliegende Seite, Mitte).

Die Kumbha Mela ist die größte Zusammenkunft von Sadhus und findet einmal alle zwölf Jahre statt. Das genaue Datum wird aufgrund der Positionen von Sternen und Planeten berechnet. Von den vier Orten, wo dieses Fest abgehalten wird, ist Prayag in der Nähe der Stadt Allahabad am berühmtesten. Prayag liegt am Zusammenfluss (Sangam) von drei Flüssen - Jamuna, Ganges und Saraswati, wobei der letzte ein mythologischer Fluss ist, der laut der alten Texten einmal bestand, seitdem aber verschwunden ist oder unterirdisch verläuft.

Das Kumbha-Fest dauert drei Monate an. Während dieser Zeit kommen Millionen von Anhängern, um in den heiligen Gewässern des Zusammenflusses von Ganges und Jamuna zu baden. Alle Akhadas und Untersekten von Sadhus kommen hier zusammen. Eine der Hauptattraktionen ist das heilige Bad der Sadhus.

Außer Prayag wird die Mela abwechselnd in Nashik, Ujjain und Haridwar abgehalten.

Das Wort 'Kumbha' steht für den Topf, der den Nektar der Unsterblichkeit enthält, der, laut hinduistischer Mythologie, durch das Aufpeitschen des Ozeans entstand. Die Götter und Dämonen kämpften um seinen Besitz und während des Kampfes fielen einige Tropfen aus dem Krug auf vier Orte der Erde. Diese sind seitdem die heiligen Städte für die Kumbha Mela.

Der sensationellste Anblick ist die Prozession der Sadhus (Shahi Snan) zum königlichen Bad. Verschiedene Sadhu-Orden marschieren zum Fluss für das rituelle heilige Bad. Die Naga-Sadhus laufen nackt im kalten Wetter Nordindiens herum. Der Anführer (Math) jedes Ordens führt die Prozession von Tausenden von Anhängern, die das Lob des Allmächtigen singen und herausschreien. Sie

tragen bestickte Regenschirme, Silberstöcke, Girlanden, Trompeten, Trommeln usw. Einige sitzen auf Elefanten, andere auf Pferden, während Millionen einfach laufen. Die Gebiete für badende Akhadas sind abgegrenzt und Badezeiten festgelegt. Gebete werden vorgelesen, Bilder der Götter gebadet, Früchte, Blumen und Süßigkeiten dem Fluss dargeboten und dann sind die Sadhus bereit für ihr heiliges Bad.

Ich traf einmal einen Sadhu in einem kleinen Höhlentempel. Nach den Morgengebeten segnete er mich, indem er seine Hand auf meinem Kopf legte. Die positive Energie seiner Hand schien sich überall in meinem Körper auszubreiten, so groß ist die Kraft der Yogis. Hindus schätzen Sadhus und Sanyasis sehr. Von Politikern zu Unternehmern, Wissenschaftlern und Fachleuten beugt sich jeder herunter, um ihre Füße zu berühren und ihren Segen zu erhalten, weil ein wahrer Sadhu Kräfte besitzt, die von der Gottheit verliehen wurden. ◆

Laut Hinduismus gibt es vier Stufen (Ashram) im Leben eines Mannes und er muss sich für ein geordnetes Leben nach ihnen richten.

BRAHMACHARYA

Die erste Stufe der Existenz beginnt mit der Faden-Zeremonie, wenn ein Kind entsandt wird, um selbstständig in der Klause eines Gurus zu leben. Die drei Stränge des heiligen Fadens erinnern den Schüler an Gott, Intelligenz und Respekt für den Guru. In der Schule des Gurus (*Gurukul*) wird Kindern bei-gebracht zu denken und unabhängig zu überleben. Der Guru verwendet Gespräche, um ihre jungen Gemüter mit Yoga, den Schriften, Disziplin und Dharma zu erleuchten.

GRIHASTHA ASHRAM

Die zweite Phase im Leben eines Mannes, als Haushaltsvorstand, beginnt mit seiner Rückkehr vom Gurukul. Er widmet sich dem Eheleben und verdient sein Geld auf ehrliche Weise, wobei er ein Zehntel davon für wohltätige Zwecke zurücklegt. In dieser Phase seines Lebens genießt er sinnliche Vergnügen, zieht seine Kinder mithilfe der richtigen Ausbildung groß und arrangiert ihre Hochzeiten.

VANAPRASTHA ASHRAM

Sobald seine sozialen Verpflichtungen zu Ende, die Kinder verheiratetet sind und sich nie-

dergelassen haben, fängt der Haushaltsvorstand an, sich beim Streben nach der ewigen Wahrheit von weltlichen Vergnügen zu trennen. Er bereitet sich jetzt darauf vor, eine einfache Existenz im Dschungel zu führen.

SANYAS

Die letzte Phase im Leben eines Mannes ist der Verzicht auf alle Begierden.

◆

DIE VIER STUFEN DES LEBENS

◆

Als Einsiedler verbringt er jetzt den Hauptteil seines Lebens in Einsiedeleien in den Vorgebirgen der Himalayas. Er verbringt Zeit mit Yoga, um sein Herz und seinen Geist zu reinigen. Mit der Hilfe von Pranayama hebt er langsam den Schleier, der seinen Geist bedeckt, damit er die völlige Konzentration (Dhyana) ausüben kann,

Die Familie Chattwal im Grihasth-Ashram (ganz links); Bhramchari-Schüler eines Gurukuls in Südindien (unten); Vanaprastha, ein Mönch, der den weltlichen Komfort verlässt (oben); Sanyasis, die alle Verbindungen mit der Gesellschaft und sogar ihren Familien gebrochen haben (gegenüberliegende Seite, unten).

die ihm wiederum hilft, seine Sinne zu kontrollieren. Schließlich geht er in Samadhi über, einen Zustand, in dem das Subjekt und Objekt der Meditation eins werden. Dieses schließlich hilft dabei, die Befreiung (Moksha) vom Zyklus der Geburt und des Todes zu erreichen. ◆

DAS KASTENWESEN VERSTEHEN

Das Kastenwesen ist auf die hinduistische Gesellschaft beschränkt. Sein Ursprung kann zu den Anfangsphasen der Zivilisation zurückverfolgt werden. Mit der Entdeckung von Kupfer und Eisen fingen nomadischen Stämme an, Getreide zu säen, und damit entstand die Nachfrage nach Ansiedlungen. Die entstehenden Gesellschaften entwickelten bald überschaubare Formen von Kommunen und Verwaltung. Sie wählten einen Verwalter mit dem Titel des Raja, der von einem Rat von Ministern unterstützt wurde, von de-nen sich jeder vor kommunalen Versammlungen, Sabha und Samiti genannt, verantworten musste.

Mit zunehmendem Handel in Dörfern entlang des Ganges wurden die Leute auch innerhalb einer Gemeinschaft mit ihrem Hauptberuf identifiziert. Einige Soziologen glauben, dass das Kastenwesen aus dieser Arbeitsteilung entstanden ist.

In unserer alten Sprache, Sanskrit, ist das Wort für Kaste *Varna*, das übersetzt Farbe bedeutet. Die hellhäutigen Arier, die die dunkelhäutigen Drawider, die ursprünglichen Bewohner der Länder im Norden, besiegt hatten, waren am oberen Ende dieser Hierarchie. Deshalb fing schließlich die vierfache Aufteilung der Gesellschaft mit der Hautfarbe einer Person an.

Brahmanen: Sie waren groß und hellhäutig mit scharfen Gesichtszügen und wurden mit den Aufgaben der Priester und Lehrer betraut.

Kshatriyas: Die Kriegerkaste trug die Verantwortung, Recht und Ordnung innerhalb der Gemeinschaft aufrechtzuerhalten und für Schutz gegen Eindringlinge zu sorgen.

Vaishyas: Die Händler hatten vergleichsweise dunklere Haut und ihnen wurden auch niedrigere Arbeiten zugeteilt.

Shudras: Um der komplexer werdenden sozialen Struktur gerecht zu werden, wurde der Liste allmählich eine vierte Kaste hinzugefügt. Die Shudras verrichteten Arbeiten der Reinigung und Entsorgung und entfernten und enthäuteten tote Tiere. Sie lebten am Rand der Gesellschaft, häufig an der Dorfgrenze.

Am Anfang war das Kastenwesen durchlässig und der Aufstieg von einer Ebene zur anderen war erlaubt. Eine immer komplizierter werdende soziale Verwaltung zügelte aber bald diese Flexibilität und es wurde beschlossen, dass Geburt und Tod allein die Kaste bestimmen würde.

Um ihre gesellschaftlichen Vorteile abzusichern, legten die Brahmanen eine intellektuelle Rechtfertigung für das Kastenwesen vor, in dem sie die *Vedas* zitierten. Laut dieser hinduistischen Schriften schuf Brahma, als er den Menschen schuf, auch das Kastenwesen. Vom Mund Brahmas kamen die Brahmanen, deren Aufgabe es war zu predigen.

Es ist ungesetzlich, Personen aufgrund ihrer Kaste zu unterscheiden. Jedoch werden die traditionellen Arbeiten immer noch mit Kaste assoziiert, wie zum Beispiel das Häuten von Tieren, das von der niedrigsten Kaste verrichtet wird (links); und Reinigungsriten, die durch die höchste Kaste der Brahmanen durchgeführt werden (unten und gegenüberliegende Seite).

Von seinen Armen kamen die Kshatriyas mit der Aufgabe, die Gesellschaft zu beschützen. Von seinen Lenden wurden die Vaishyas geboren, deren Aufgabe der Handel war. Schließlich, von seinen Füßen, kamen die Shudras, die das Gewicht der ganzen Gesellschaft trugen, ihre niedrigen und schmutzigen Arbeiten durchzuführen.

Circa 600 v. Chr. war das Kastenwesen unwiderruflich festgelegt, mit den Brahmanen als Hauptberatern der Regierung, den Kshatriyas in der Armee, den Vaishyas als Leiter des Handels und der Herstellung, und den an den Rand der Gesellschaft verbannten Shudras. Die zweite und dritte Kaste lebte im Wohlstand und ärgerte sich über die einengende Kontrolle der Brahmanen über die Gesellschaft. Ihre Rettung kam in der Form von zwei neuen Philosophien, die später

Weltreligionen wurden - Jainismus und Buddhismus. Diese neuen Religionen boten Gleichheit an und vergrößerten die soziale Beweglichkeit zwischen allen Klassen der Gesellschaft.

Der Kastenbegriff im heutigen Indien: Gemäß der indischen Verfassung ist es ungesetzlich, eine Person aufgrund der Kaste zu unterscheiden oder gegen sie zu diskriminieren. Gandhis Bezeichnung ‚Harijan' für die Shudras heißt wörtlich "Menschen Gottes". Harijan-Führer B.R. Ambedkar war einer der wichtigsten Personen, die an der Formulierung der Verfassung arbeiteten. Heute ist 'Dalit' der politisch korrekte Ausdruck für Shudra.

In Großstädten spielt Kaste im alltäglichen Leben eine unbedeutende Rolle. Tatsächlich haben verbesserte Lebensbedingungen zu ihrem Verschwinden beigetragen. In Dörfern aber, wo 80 Prozent der indischen Bevölkerung noch leben, wird am Kastenwesen noch stark festgehalten. Dort spielt der Kastenfaktor eine wichtige Rolle bei Hochzeiten und in Wahlkämpfen. Die Kandidaten werden in den Dörfern aufgrund ihrer Kaste und nicht aufgrund ihrer Wahlprogramme gewählt. Jedoch folgen auch heute noch traditionelle Berufe dem Kastenwesen. ◆

Das Bindi ist ein von Hindufrauen auf der Stirn getragenes Zeichen. Verheiratete Frauen zeigen ihren Familienstand durch Sindur an, zinnoberrotes Puder das auf dem Scheitel aufgetragen wird, oder indem sie rote Bindis auf ihre Stirn malen. Witwen

BINDI
UND
TILAKA

gesehen werden. Diese werden gewöhnlich bei einer religiösen Zeremonie oder bei einem Tempelbesuch aufgetragen und werden Tilaka genannt. Solche religiösen Zeichen werden sowohl auf männlichen als auch weiblichen Stir-nen aufgetragen. Symbolisch verbindet ein Tilaka die Öffnung des dritten Auges zur inneren Intelligenz. Die Wissenschaft des Kundalini-Yogas erkennt die Zentren der Energie innerhalb des menschlichen Körpers an, die Chakras genannt werden.

Das erste Chakra befindet sich am un-

Hindu-Frauen tragen normalerweise ein Bindi als modische Dekoration auf der Stirn (gegenüberliegende Seite, oben); Männer schmücken ihre Stirn auch mit einem Zeichen, dem Tilaka, um ihre Religiösität öffentlich zum Ausdruck zu bringen (gegenüberliegende Seite und unten); ein Verkäufer von Zinnoberrot in Varanasi (gegenüberliegende Seite, unten).

wird nicht erlaubt, solche Zeichen auf der Stirn zu tragen. Bindis kommen in allen möglichen Formen und Größen daher. Während Bindis früher mit Puder auf die Stirn gemalt wurden, sind heutzutage für die moderne indische Frau selbstklebende Schmuckbindis praktischer. Das große Farbangebot hilft den Frauen, sie farblich auf ihre Saris abzustimmen.

Männer können auch mit Zeichen auf der Stirn

teren Ende der Wirbelsäule, während das
sechste Chakra auf der Stirn, direkt über der
Mitte der Augenbrauen ist und Ajna-Chakra
genannt wird.

Die Sadhus und Sanyasis tragen je nach
Sekte verschiedene Tilaka auf der Stirn. Die
Tradition des Tilakas ist Jahrhunderte alt. Die
Krönungszeremonie in indischen Königrei-
chen wurde durch den Hauptpriester gekenn-
zeichnet, der die Stirn mit dem Herrschafts-
Tilaka bemalte (*Raj Purohit*). Das Tilaka wird
auch verwendet, um Gäste und Familienmit-
glieder zu Hause zu begrüßen oder von ihnen
Abschied zu nehmen. Es ist ein wesentlicher
Teil religiöser Zeremonien. ◆

DAS MAHABHARATA

Ein Wandgemälde zeigt Krishna, wie er Arjunas Kampfwagen im Mahabharata lenkt (oben); Krishna auf der Säule eines Tempels in Kanchipuram (gegenüberliegende Seite, oben); der Einband des heiligen Textes des Mahabharata (gegenüberliegende Seite, Mitte); Krishna am Eingang des Seepalasts, Udaipur (gegenüberliegende Seite, unten).

Mit mehr als 100,000 Strophen ist das Mahabharata (das 'große Epos der Bharata- Dynastie') vielleicht die längste, jemals verfasste Dichtung. Es ist zusammen mit der Ramayana eines der beiden großen Sanskrit-Epen. Ursprünglich 'Jaya' (Sieg) genannt, wurde es wahrscheinlich im 4. oder 3. Jahrhundert v. Chr. begonnen. Jedoch wurden viele Verbesserungen gemacht und es wurde bis zum Ende der Gupta-Dynastie im 4.

Jahrhundert n. Chr. nicht vollendet. Die meisten Stoffe sind jedoch viel älter und gehen auf die vedische Zeit zurück.

Tatsächlich wären einige Geschichten schon Zuhörern um 1000 v. Chr. bekannt gewesen. Zum Beispiel wird Indra, der vedische Regengott, schon öfter in früheren Teilen des Textes erwähnt, obwohl er vor dem 4. Jahrhundert v. Chr. kaum eine Figur aus dem Volkstum war.

Krishna erscheint im Epos als Anführer seines Volkes und als Verbündeter der Pandavas. Er erscheint noch eher als übermenschlicher Krieger als ein Gott in seinen Kämpfen auf Seiten der Pandavas, aber er wächst in Statur, bis er schließlich als göt-

tlicher Lehrer der Menschheit erscheint.

Laut Legende wurde das komplette Mahabharata vom Weisen Vyasa (dessen Name auf Sanskrit 'Bearbeiter' heißt) dem elefantenköpfigen Gott Ganesha diktiert, der es aber nur unter einer Bedingung aufschrieb: wenn es ohne Pause erzählt würde. So schnell es auch diktiert wurde, Ganesha hielt Schritt. An einer Stelle brach er einen Stoßzahn ab, um ihn statt des beschädigten Stifts zu verwenden, um den Fluss der heiligen Wörter nicht zu unterbrechen. Die schwer verständlichen und eher spekulativen Absätze waren anscheinend Versuche, die Gottheit zu verlangsamen und ihn zu zwingen, anzuhalten und nachzudenken, wenn die Bedeutung unklar wurde. Es

wird gesagt, dass Vyasa, der auch 'Homer des Ostens' genannt wird, das gesamte Mahabharata und alle achtzehn Puranas (außer den vier Büchern der Vedas) verfasst haben soll. Er war auch ein Priester und Lehrer und spielt selbst eine wichtige Rolle in der Erzählung. Er ist der Vater von einigen der Hauptfiguren des Epos - die gegensätzlichen Dynastien der 'Söhne der Finsternis und der Söhne des Lichtes' - und erscheint selbst häufig in der Geschichte, um Charaktere in Not zu beraten oder Verzweifelte zu trösten.

Die Haupthandlung dreht sich um zwei rivalisierende Dynastien, die Pandavas und die Kauravas. Die konkurrierenden Familien sind Cousins, die Söhne von Vyasas beiden Söhnen, dem blinden Dhritrash-

tra und dem frommen Pandu. Dhritrashtra ist der ältere der beiden, da er aber blind ist, wird Pandu zum König ernannt. Pandu hatte fünf Söhne: den ältesten und rechtschaffene Yudhisthira, Bhim, der große Kraft besitzt, Arjuna, den erfahrenen Krieger und die Zwillinge Nakula und Sahadeva. Dhritrashtra wiederum hatte 100 Söhne, von denen der älteste der intregante Duryodhana ist. Als Pandu stirbt, nimmt sein blinder, aber gutmeinender Bruder Dhritrashtra dessen Söhne in seinem eigenen Palast auf.

Rechtzeitig

teilt Dhritrashtra sein Königreich und gibt eine Hälfte an Yudhishthir und die andere an Duryodhan ab. Jedoch wird Duryodhan eifersüchtig auf die Zuneigung, die sein Vater seinen Vettern entgegenbringt und auch auf die Hälfte des Königreichs, das die Pandavas geerbt haben. Durch eine List werden die Pandavas ins Exil gezwungen und müssen dreizehn Jahre warten, bevor sie eine Chance haben, ihr Königreich zurückzufordern.

Das ist der Grund für den folgenden epischen Krieg, der es auf die Vernichtung der gesamten Rasse abgesehen hat, bis auf einen Überlebenden, der die Dynastie fortsetzt. Dieser Krieg bildet den Hintergrund des heiligen Textes 'Bhagawad Gita'.

Hauptsächlich geht es im Mahabharata um den großen Kampf, der in Kurukshetra ausgetragen wurde, wo die Pandavas es mit den Kauravas aufnahmen. Jedoch zögert Arjuna, der tapferste der Pandava-Brüder, gegen seine Cousins in den Krieg zu ziehen. In diesem kritischen Moment hält Lord Krishna ihm eine lange Predigt über *Dharma*, die Aufgabe eines Kriegers, für Gerechtigkeit zu kämpfen. Das Wesentliche dieser Gespräche ist als die Bhagawad Gita aufgezeichnet.

Letztendlich triumphiert das Gute und die Pandava-Brüder gewinnen ihr Königreich zurück. Der verwundete Bhishmapitama, Großonkel beider Cousins, erklärt Yudhishthir die Aufgaben der Staatskunst und die Verantwortung des Herrschers. Die Lehren der Bhagawad Gita sind unvergleichbar in der hinduistischen Philosophie. Sie betonen die moralische Ethik frei von Habgier, Neid und sinnloser Konkurrenz (*Nishkarma*), die Aufgabe aller ist. ◆

DAS RAMAYANA

Das Ramayana ist die beliebteste mythologische Geschichte in Indien. Es wird zu Hause, in Tempeln und als religiöses Gespräch gelesen und als Schauspiel aufgeführt. Es ist das älteste der indischen Epen und wurde von dem Weisen Valmiki im 5. Jahrhundert v. Chr. auf Sanskrit aufgeschrieben. Es hat sieben Teile (*Kands*) und enthält 50,000 Zeilen.

Die Geschichte handelt von Gott Vishnus siebter Verkörperung. Er kam auf die Erde, um sie von Ravana, dem zehnköpfigen Dämonen-König von Lanka zu befreien. Ravana hatte vor Brahma gebetet und strenge Entbehrungen befolgt. Infolgedessen blieb Brahma keine andere Wahl, als ihm den Segen der Unsterblichkeit zu gewähren. Er konnte weder von Göttern noch von Dämonen getötet werden. Es dauerte für Ravana nicht lange, von seiner neugewonnenen Macht berauscht zu werden. Er fing an, Götter und Menschen gleichermaßen zu schikanieren. Die Götter waren von seinem Verhalten empört und entschieden, dass die einzige Möglichkeit, wie sie ihn beseitigen könnten, Vishnu sei, und zwar ihn in Gestalt eines Menschen auf die Erde zu senden. Der starke Ravana hatte nie gedacht, dass ein Mensch ihm gewachsen sein könnte. Der Gott Vishnu kam als Rama auf die Erde, dem ältesten

Eine religiöse Malerei zeigt, von links nach rechts, Hanuman, der einen Regenschirm hält und Rama, seine Frau Sita und seinen Bruder Lakshman (oben); Rama zielt auf den zehnköpfigen Dämonen Ravana (links); das Ereignis, das als Dussera gefeiert wird; ein Wandgemälde von Krishna im Bundi-Palast (gegenüberliegende Seite, oben).

von König Dashrathas vier Söhnen. Seine jüngeren Brüder waren Lakshman, Bharat und Shatrughan. Rama heiratete Sita, die schöne Tochter des Königs Janaka, nachdem er sie als Preis eines Wettkampfs gewonne hatte, dem alle Prinzen des Landes beigewohnten hatten.

Nach der Hochzeit entschied sich Dashratha dafür, auf den Thron zu verzichten und stattdessen Rama zum König von Ayodhya zu machen. Die Nachricht wurde überall im Königreich positiv begrüßt, aber Dashrathas zweite Frau erinnerte den König an ein Versprechen, das er ihr gegeben hatte, und verlange, dass ihr Sohn Bharat zum König gemacht und Rama für vierzehn Jahre in den Dschungel verbannt werde. Der König konnte sein Versprechen nicht brech-

Indische Paläste und Tempel sind mit Geschichten aus den Epen Ramayana und Mahabharata geschmückt. Die Decke des Orcha-Palasts (links); der holländische Palast in Cochin (unten); und die Steingravur des Somnathpur-Tempel stellen verschiedene Erzählungen des Ramayana dar.

or seine Zeit im Exil abgelaufen war. Also kehrte Bharat nur mit Ramas Sandalen zurück, die er als Zeichen des Respekts auf den Thron legte. Rama, Sita und Lakshman siedelten sich in einer kleinen Hütte in Chitrakoot an, zwischen den Flüssen Jamuna und Godavari. Im Wald stießen sie auf die Dämonin Surpanakha, die Schwester von Ravana, die sich in die hübschen Prinzen verliebte. Von ihnen zurückgewiesen, griff sie sie an, und Lakshman schnitt ihre Nase, Ohren und Busen ab. Eine Armee von Dämonen, die Surpanakha zu Hilfe kamen, um ihre Ehre wiederherzustellen, wurde von den Brüdern verprügelt. Als Ravana von dem Vorfall hörte, wollte auch er die Ehre seiner Schwester rächen. Er hatte auch von Sitas Schönheit gehört. In der Gestalt eines Rehs lockte er

en, und so machten sich Rama, begleitet von Sita und seinem Bruder Lakshman, auf den Weg in den Dschungel. Der todunglückliche Dashratha starb bald danach und Bharat, der zum König gekrönt wurde, weigerte sich, auf dem Thron zu sitzen. Er ging in den Dschungel, um Rama zu überzeugen, nach Ayodhya zurückzukehren. Rama weigerte sich jedoch zurückzukehren, bev-

die Brüder von der Hütte weg und kehrte dann zu Sita als ein um Essen bittender Sadhu verkleidet zurück. Als Sita herauskam, um ihm Essen zu geben, entführte er sie und nahm sie nach Lanka mit. Unterwegs verwickelte ihn Jatayu, der

ka ausspionieren konnte. Er schaffte es auch, Sita zu treffen und ihr zu sagen, dass Rama unterwegs sei, um sie zu retten. Inzwischen hatte es die Armee von Affen geschafft, eine Brücke aus Steinen über den Ozean zu bauen. Rama und seine Armee führten den

Rama erwartet ungeduldig die Ankunft von Hanuman mit dem magischen Kraut Sanjeevani, die einzige Medizin, die seinen verwundeten Bruder Lakshman heilen kann.
Hanuman kann das Kraut unter den vielen Pflanzen nicht finden, reißt den ganzen Berg heraus und bringt ihn zu Rama (oben).

König der Geier, in einen Kampf, wurde aber tödlich verwundet. Bevor er starb, konnte er jeoch Rama und Lakshman von der Identität des Entführers in Kenntnis setzen.

Die Brüder ersuchten die Hilfe von Sugriva, König der Affen, und seiner Armee von Affen (*Vanar Sena*), die von Hanuman angeführt wurde, der fliegen konnte. Er erwies sich für Rama von großem Nutzen, da er Ravanas Aktivitäten in Lan-

letzten Angriff auf Lanka aus. Ein heftiger Kampf mit Verlusten auf beiden Seiten folgte, und obwohl Rama und auch Lakshman Verletzungen davontrugen, waren sie im Stande, die Dämonen zu töten. Im vorletzten Kampf zwischen Ravana und Rama triumphierte das Gute über das Böse.

Zwanzig Tage nach seinem Sieg über den zehnköpfigen Dämonen Ravana kehrte Rama nach Ayodhya zurück, um alle Häuser mit in seiner Ehre angezündeten Öllampen vorzufinden. Bis heute, Jahrhunderte später, wird Ramas Sieg über Ravana als Dussera-Fest und zwanzig Tage später seine Rückkehr nach Ayodhya als Diwali, das Lichterfest, gefeiert. ◆

BUDDHA, DER ERLEUCHTETE

Siddharth Gautam wurde in Lumbini in Nepal in der Nähe der indischen Grenze vor ungefähr 2,500 Jahren geboren. Gautams Vater war der Anführer des Sakya-Clans von Kriegern. Nach seiner Geburt träumte die Mutter des Kindes von einem weißen Elefanten. Wie allgemein üblich, wurde der Hofastrologe herbeigerufen, um den Traum zu interpretieren. Das Urteil des Astrologen - das königliche Kind, sagte er, würde eines Tages ein berühmter Mönch sein – beunruhigte den König, da er aus seinem Sohn einen Krieger und König machen wollte, keinen Mönch. Der Hof dachte sich deshalb den Plan aus, den Prinzen immer innerhalb des Palasts, umgeben von schönen Gegenständen und Luxus, zu behalten. Als er heranwuchs, wurde deutlich, dass der Prinz vom Luxus nicht angezogen wurde, aber Stunden mit Nachdenken verbrachte. Seine Eltern arrangierten seine Ehe mit einer schönen Prinzessin und aus dieser Vereinigung wurde ein Sohn geboren, den sie Rahul nannten.

Eines Tages, als er wie gewöhnlich im Garten spazieren ging, sah Gautam eine alte Frau, die gekrümmt und mit Hilfe eines

Eine Malerei der Ajanta-Höhlen aus dem 5. Jahrhundert zeigt Buddhas Rückkehr zu seinem Palast als ein *Bhikshu* und seinen Sohn und seine Frau, die in Tränen ausbrechen und herauskommen, um ihm Almosen zu geben (rechts); die 7-Meter hohe Buddhaskulptur schildert den Transport in den Himmel (*Parinirvana*) (unten).

Stocks spazieren ging. Gautam fragte seinen Diener, was mit der alten Frau nicht stimme. Sein Diener antwortete, dass alles mit ihr in

Begleitet von fünf Schülern, entschied sich Gautam schließlich dafür, alleine zu meditieren. Er blieb so viele Tage hungrig, dass seine Rippen und Adern sichtbar wurden. Eine Frau der Unberührbaren verwechselte ihn mit der Statue eines Heiligen und bot ihm Milch an, die Gautam akzeptierte und

Ordnung sei, dass sie nur unter der Härte des Alters litte. Zum ersten Mal realisierte der junge Prinz, dass jedem das Schicksal wiederfahren würde, alt zu werden. Später, auf seinen Spaziergängen, sah er zuerst einen kranken Mann und dann den Körper eines toten Mannes. Seine Unklarheit über den Kummer, den der menschliche Körper erleiden muss, wurde geklärt, als er an einem anderen Tag einen Sadhu traf, einen mystischen, heiligen Mann, dessen Gesicht von der Erkenntnis erleuchtet schien. Gautam wunderte sich jetzt, was dieser Mann habe, das andere nicht hatten. Er entschied, nicht zu ruhen, bis er die Wahrheit herausfände. Von da an wanderte er, als *Bhikshu* um Almosen bittend, von Dorf zu Dorf. Er suchte Unterschlupf bei Gurus, aber keiner konnte ihm Antworten zum Mysterium des Lebens geben oder seinen Wissensdurst befriedigen.

trank. Das entsetzte seine Schüler, die ihn für einen falschen *Tapasvi* hielten, unfähig während der Buße hungrig zu bleiben. Sie kehrten sich von Gautam ab, der dann unter einem Bodhi-Baum in Bodhgaya saß und 45 Tagen lang meditierte. Nichts konnte ihn ablenken, weil er einen Zustand der Erleuchtung (Moksha) erreicht hatte. Von da an wurde er Buddha, der Erleuchtete, genannt.

Buddha reiste dann nach Sarnath, nahe Varanasi, um seine fünf Schüler zu finden, und hielt dort vor ihnen seine erste Lehrrede. Er sprach von den vier Edlen Wahrheiten:
Das Leben ist voller Leiden.
Leiden wird durch Begehren verursacht.
Leiden kann mit der Kontrolle des Begehrens überwunden werden.
Um das Begehren zu kontrollieren, muss man dem achtfachen Pfad folgen.

Den achtfachen Pfad machen aus: rechte Gesinnung, rechte Erkenntnis, rechte Rede, rechtes Handeln, rechter Lebenserwerb, rechtes Streben, rechte Achtsamkeit und rechtes Sichversenken.

Eine Säule aus dem 5. Jahrhundert zeigt Buddha in verschiedenen *Mudras* (gegenüberliegende Seite, ganz links); Buddha im Prediger-Mudra in den Felsentempeln von Ajanta (Mitte); ein Künstler, der eine Thanka-Malerei vom Leben Buddhas anfertigt (links); und buddhistische Gebetsmühlen (unten).

Buddhas Lehren wurden während seiner Lebenszeit nie aufgeschrieben und auch in den folgenden dreihundert Jahren nur mündlich weitergegeben. Die erste religiöse Sitzung über den Buddhismus wurde während der Regierungszeit von Kaiser Ashoka in Bodhgaya abgehalten, wo die klösterliche Ordnung (*Sangha*) gegründet wurde. Zum ersten Mal wurden jetzt Texte geschreiben, die frühsten in Pali, der Gemeinsprache des Volkes zu der Zeit.

Kaiser Ashoka hatte Gewissensbisse nach seinem Sieg im Kampf von Kalinga, in dem Tausende von Kriegern getötet wurden. Er suchte Trost in den Lehren des Buddha und um seine Nachricht unter die Leute zu bringen, ließ er Säulen (bekannt als die Ashoka-Säulen) mit seinen Lehren überall im Königreich beschriften. Sein Sohn brachte einen Schößling des Bodhi-Baums nach Sri Lanka, unter dem der Buddha Erleuchtung erlangt hatte. Boten verbreiteten die Grundsätze der Religion in allen Teilen Südostasiens, wo sie sich verfestigten. Obwohl der Buddhismus in Indien konzipiert wurde, verlor er hier durch das Wiederaufleben des Hinduismus schnell Grund. Infolgedessen ist er nur in den Himalayas konzentriert, wo er wahrscheinlich wegen der Isolierung dieser Gebiete überlebte.

Nach Buddhas Tod teilten sich seine Schüler in zwei Sekten auf, Hinayana und Mahayana. Die

Hinayana (kleines Fahrzeug) waren auch bekannt als der Weg der Älteren. Die Anhänger von Hinayana glauben stark an die klösterliche Lebensweise. In den Hinayana-Lehren wurde der Buddha nie durch sein Bild vertreten; stattdessen wurde er durch ein Rad, seine Füße, einen Elefanten, den Bodhi-Baum und andere solcher Symbole vertreten. Hinayana hat immer noch eine große Anhängerschaft in Sri Lanka, Birma, Thailand, Laos und Kambodia.

Mahayana, das größere Rad des Gesetzes, war mehr populistisch und schloß die Anbetung von Buddhastatuen sowie religiöse Rituale ein. Diese Form verbreitete sich weit und breit, sowohl in Indien als auch in den benachbarten Ländern. In Indien sind auch heute noch alle mit dem Leben des Buddha in Verbindung gebrachten Orte wichtige Pilgerzentren, nicht nur für Buddhisten, sondern auch für Leute aller Gesellschaftsschichten wegen der friedlichen Natur der Religion. ◆

Buddhistische Mönche im Kloster (gegenüberliegende Seite, oben); ein Wandgemälde zeigt Buddha in verschiedenen Mudras (gegenüberliegende Seite, Mitte); der obere Teil einer Ashoka-Säule, circa 327 v. Chr. (gegenüberliegende Seite, unten); ein Wandgemälde von Ajanta zeigt Bodhisattva Padmapani (links); Buddha, der seine erste Lehre in Sarnath predigt (oben); ein Mönch beim Gebet (rechts); die Hirsche und das Rad des Gesetzes symbolisieren Sarnath am Eingang eines buddhistischen Tempels (rechts).

JAINISMUS

Das Wort 'Jain' wird von Sanskrit 'Jina' abgeleitet, Eroberer, eine Bezeichnung, die den 24 *Tirthankars* (Propheten) gegeben wurde, die durch Entbehrung ihren Geist, ihre Leidenschaften und ihren Körper überwanden, um Erlösung vom endlosen Zyklus der Wiedergeburt zu erreichen. Jainismus ist die entbehrungsreichste aller indischen Religionen. Sein Zweck ist nicht die Verherrlichung eines absoluten Gotts, sondern das Erreichen von Selbstvollkommenheit durch das allmähliche Aufgeben der materiellen Welt.

Im Zentrum der Jain-Religion ist der Glaube an eine äußerste Form von Gewaltlosigkeit (*Ahimsa*), die fordert, dass kein Lebewesen verletzt werden darf, da, in den Wörtern einer Jain-Devise, "alle lebenden Wesen einander helfen müssen". Mahavira, der letzte der vierundzwanzig Tirthankars, war der größte aller Jain-Asketen, dem die Gründung des modernen Jainismus zugute gehalten wird. Wie Buddha war er hochgeboren, gab aber sein luxuriöses Familienleben auf, als er dreißig war. Vom Moment seines Verzichts blieb er nackt und es wird gesagt, ohne sich um Schlaf, Reinheit, Essen oder Wasser zu sorgen.

Wie die Lehren des Buddha beruht auch Mahaviras Glaubenslehre auf der Möglichkeit der Befreiung von Begierde, Leiden und Tod. Aber wohingegen Buddha den 'Mittleren Weg' zwischen Luxus und Askese lehrte, ist Mahavira für seinen strengen Asketismus und völliger Entsagung der materiellen Welt berühmt. Er ist als der größte Asket, "der grösste (*Maha*) siegreiche Eroberer (*Vira*)" von Geist und Körper bekannt. Mahaviras einfache Lehren vom Respekt für jede Art von Lebensform waren schon bald im Einklang mit den Massen. Er reiste durch ganz Indien, um seine Philosophie der Gewaltlosigkeit zu verbreiten.

Ein 18-Meter hohes Bild des ersten Tirtankar Gommateshwara in Südindien aus dem 10. Jahrhundert ist ein Hauptpilger-Zentrum für die Jains (oben); Mahaviras Füße aus Kupfer (unten); und einer der schönsten Jain-Tempel in Indien in Ranakpur in Rajasthan (gegenüberliegende Seite, unten).

Seine Lehren waren erfrischend anders als diejenigen, die damals von den Brahmanen praktiziert wurden. Er lehnte das Kastenwesen und die brahmanischen Rituale ab. Er erreichte Nirwana durch Eintreten in eine tiefe Meditation, ohne zu essen oder zu trinken, und verließ seinen menschlichen Körper. Indem sie sein Leben imitieren und durch das Löschen aller Bindungen an die materielle Welt, hoffen Jain-Mönche und -Nonnen, ihm in die Befreiung zu folgen.

Es gibt zwei Hauptsekten des Jainismus - Digambara und Shvetambara. Die Mönche der Digambara-Sekte ziehen völlig nackt herum. Das Wort selbst bedeutet "derjenige, für den der Himmel die Beckung/der Stoff" ist. Sie rasieren ihre Köpfe, reisen barfuß von einem Ort zum anderen und bedecken ihre Körper auch in der glühendsten Hitze, källtestem Regen oder Sonnenschein nicht. Sie essen nur, was ihnen von ihren Anhängern angeboten wird, und dass auch nur einmal am Tag und nur soviel, was auf ihrem Handteller Platz hat.

Sie bleiben an keinem Platz länger als drei Tage und den einzigen Gegenstand, den sie mit sich tragen, ist ein Fächer aus Pfauenfedern, den sie benutzen, um Insekten zu entfernen, bevor sie sich hinsetzen. Sie haben auch einen Bettelnapf (*Kamandal*) dabei, in den die Gläubigen ihre Almosen legen. Sie sind strenge Vegetarier und Jain-Gewaltlosigkeit regelt tatsächlich jeden Aspekt ihres täglichen Lebens. Der Asket sollte vorsichtig sein, wenn er spazieren geht, damit keine Lebensform unter seinen oder ihren Füßen zu Schaden kommt. Jede Rede, die zur Gewalt anregt oder Gewalt vorschlägt, muss vermieden werden, genauso wie gewaltsame Tendenzen in den Gedanken des Asketen. Essen und

Trinken müssen untersucht werden, für den Fall, dass eine Lebensform mit aufgenommen wurde. Beim Hinstellen des Bettelnapfs muss auch Sorge getragen werden, kein Lebewesen zu verletzen. Die Mönche der Shvetambara-Sekte tragen nur weiße Gewänder, kehren mit einer Pfauenfederbürste Insekten aus ihrem Weg und tragen eine Maske, um das Einatmen winziger Organismen zu verhindern. Jain-Asketen dürfen kein Essen zubereiten und nur Wasser trinken, das vorher gefiltert wurde. Diese Sekte akzeptiert auch Frauen als Nonnen.

In starkem Gegensatz sind Jain-Gläubige unter den wohlhabendsten der Inder. Aufgrund ihrer Religion konnten sie keine Bauern sein, denn das Pflügen der Felder würde Insekten töten. Sie konnten auch keine Krieger sein, denn das Töten eines Mitmenschen ist eine Sünde. Folglich widmeten sie sich dem Handel. Und wie! Heute kontrollieren sie den Diamanten- und Edelsteinhandel des Landes und viele andere Geschäfte.

Jainismus erhielt Unterstützung von der Maurya-Dynastie im 3. Jahrhundert v. Chr. Es gibt wichtige Jain-Pilgerzentren in Rajasthan (Ranakpur und Dilwara), Gujrat (Palitana) und Mysore (Shravan Belgola). Die beliebten mythologischen Geschichten der Jains sind in verschiedenen Tempeln in Jain-*Tirthas* (Pilgerzentren) abgebildet.

Bahubali war der Sohn des ersten Jain-Propheten Adinath. Als ihr Vater das Haus verließ, um ein wandernder Asket zu werden, fingen die beiden Brüder, Bharata und Bahubali, an, um das Eigentum ihres Vaters zu streiten. Als der Streit zwischen den Brüdern ausartete, kam es zu Schlägen. In diesem Moment fragte sich Bahubali, wonach er strebe: Geld? Eigentum? Letztendlich

würde alles hier bleiben. Warum kämpfte er um den materiellen Reichtum? Als Folge verzichtete er auf alle seine weltlichen Besitztümer und fing ein Leben als Asket an. Er stand so lange ohne Kleidung im Freien, dass Ranken um seine Arme und Beine herum wuchsen. Sein Haare wurden lang. Schlie-ßlich kam er zur Erleuchtung und erreichte den Tirtha in Shravan Belgola in Karnataka. Der Ort hat jetzt eine monolithische, 17-Meter-hohe Statue von Bahubali auf der Bergspitze.

In einer anderen Geschichte stößt der 23. Tirtankar, Parshavanath, auf einen Sadhu während der Fünf-Feuer Buße - vier Feuer um ihn herum und das fünfte auf dem Kopf. Parshavnath sah, dass eine Schlange in einem der

Opfergaben für den Tempel werden vor dem Götzenbild bereit gehalten (oben); eine fein geschnitzte weiße Marmortafel im Ranakpur-Tempel zeigt den Gott Parshavanath, dem Nagraj Schutz mithilfe eines Schirms aus tausend Kobras gibt (Mitte); Aufseher vor den Götzenbildern von Mahavira (rechts).

Feurholzscheite Zuflucht gesucht hatte, und begriff, dass ohne sein Eingreifen, das Reptil im Feuer umkommen würde. Er nahm seine Axt und spaltete damit den Holzscheit, in dem die Schlange gefangen war. Die Schlange flüchtete unverletzt, aber die Konzentration des Sadhus war gebrochen. Der Sadhu war erzürnt über Parshavanaths Verhalten, das seine Meditation unterbrochen hatte. Beide gingen ihrer eigenen

Die Jain-Tempel sind die saubersten und am liebevoll aufrecht erhaltensten von allen indischen Gebetsstätten. Sie werden verschwenderisch mit den besten verfügbaren Materialien geschmückt. Nebenan ist eine Ansicht von einer der 1444 reich geschnitzten Säulen des Ranakpur-Tempels, von denen keine zwei gleich sind.

Wege. Lange danach war Parshavanath in tiefer Meditation. Der Fünf-Feuer-Sadhu war jetzt im Himmel, von wo er Parshavanath sah und entschied, sich zu rächen. Er sandte so viel Regen, dass das Wasser bald Parshavanaths Kinn erreicht hatte. Aber die Schlange, die durch Parshavanath befreit wurde, war jetzt König der Schlangen, und sah, was mit ihrem Retter geschah. Also hob die Schlange, zusammen mit Tausenden anderer Kobras, Parshavanath hoch, um ihn vor dem Ertrinken zu retten und bildete einen Regenschirm über seinem Kopf, um ihn vor dem Regen zu schützen, so dass er mit seiner Meditation fortfahren konnte. Diese Geschich-

te wird auf einem wunderschönen Tafelbild im Ranakpur Tempel dargestellt.

Die Jain-Gemeinschaft in Indien umfasst nur ungefähr fünf Millionen Anhänger. Ihre Rücksicht auf andere Lebensformen hat einen tiefen Eindruck auf die indische Gesellschaft hinterlassen. Der Westen Indiens ist für seine

vielen Jain-Tempel bekannt, die verschiedenen Tirthankars von wohlhabenden Jain-Händlern gewidmet wurden. Die Jain-Gemeinschaft fuhr fort, den Tempelbau zu unterstützen, sogar nachdem viele Teile des Landes im 16. und 17. Jahrhunderten unter dem Einfluss der Moguln standen. Kein Wunder, dass Jain-Tempel die wohlhabendsten und saubersten in Indien sind. ◆

Guru Nanak, der in der Nähe der Stadt Lahore (jetzt in Pakistan) geboren wurde, war der Gründer der Sikh-Religion. Seit seiner Kindheit verbrachte Nanak den größten Teil seiner Zeit damit, an Gott zu denken. Er arbeitete einige Zeit als Ladenbesitzer , aber schon als Kind drehten sich seine Gedanken immer um das Spirituelle. Eines Nachts hatte er eine Vision, in der Gott ihn bat, in die Welt hinauszuziehen und die Nachricht der Liebe unter den Menschen zu verbreiten. Und so reiste Nanak zu allen Orten, die Hindus und Moslems heilig waren. Ihn überraschten die gegenstandslosen Regeln und Rituale, die das Denken der Massen beherrschten. Er sagte, Gott sei in jedem zu finden, in allen Richtungen und nicht auf Tempel, Moscheen und Kirchen beschränkt. Seine Lehren wurden im heiligen Buch der Sikhs, *Guru Granth Sahib* genannt, aufgeschrieben. Seine einfachen Lehren gewannen viele Anhänger. Nach seinem Tod 1539 wurden seine Anhänger Sikhs genannt, Schüler.

DIE SIKHS

Nach Nanak gab es noch neun weitere Gurus. Der zehnte Guru, Guru Govind Singh, führte die Taufzeremonie im Jahr 1699 ein. Die fünf ersten getauften Sikhs waren die *Panj Pyare*, die fünf Nahestehenden. Vor seinem Tod 1708 ordnete Guru Gobind Singh an, dass es keine Gurus mehr geben würde und dass das heilige Buch die ultimative sprirituelle Instanz der Sikhs sein würde. Guru Granth Sahib, das heilige Buch der Sikhs, wurde vom fünften Guru, Guru Arjan Dev, zusammengstellt. Es ist die einzige heilige Schrift der Welt, die von den Gründern des Glaubens während ihrer Lebenszeit zusammengestellt wurde. Guru Arjan Dev ließ auch den Goldenen Tempel (Darbar Sahib) in der

Stadt von Amritsar bauen, die die weltliche Hauptstadt der Sikh-Religion ist.

Im 18. Jahrhundert verfolgte der Mogulkaiser Aurangzeb Leute unterschiedlichen Glaubens. Islam wurde den (Hindu-) Massen aufgezwungen. Die Sikh Gurus kamen zu ihrer Hilfe und rebellierten gegen die Gräueltaten des Mogulherrschers. Guru Teg Bahadur war einer von ihnen. Er war der jüngste Sohn des sechsten Gurus, Gurus Hargobind, und wurde später der neunte Guru der Sikhs. Er war auf seiner missionarischen Tour durch Bengal im Osten Indiens, als er

hörte, dass Aurangzeb angeordnet hatte, Brahmanen gewaltsam zum Islam zu bekehren. Aurangzeb ließ fünfhundert Brahmanen in der Hoffnung ins Gefängnis sperren, dass ihre Notlage ein Signal an die hinduistischen Massen sen-

Ein Sikh mit den religiösen Zeichen auf seinem Turban (gegenüberliegende Seite, oben); Pilger beim Kar Seva *in der Gemeinschaftsküche (*Langar*) (gegenüberliegende Seite, unten); der Goldene Tempel, der in einem See aus Nektar (*Amrit Sarovar*) schimmert, der vom vierten Guru der Sikhs, Guru Ram Dass, im 16. Jahrhundert gebaut wurde (unten); Pilger, die auf Langar am Darbar Sahib warten (oben).*

den würde. Pandit Ram Kriparam von Kashmir traf Guru Teg Bahadur in Anandpur, um seinen Schutz zu suchen. Die Notlage der Brahmanen bewegte den mitleidsvollen Guru, der es mit der Macht des tyrannischen Kaisers aufnehmen wollte. Aber Guru Teg Bahadur wurde 1675 in Agra festgenommen, von wo er an den Mogulhof in Delhi gebracht wurde. Aurangzeb versuchte, den Guru zu überzeugen, dass hinduistische Götzendiener beseitigt werden sollten. Der Guru war auch gegen die Götzenanbetung, verabscheute aber die Idee von Zwangskonvertierungen und sagte dem Kaiser, dass diese unmenschlich und gegen die Lehren seiner Gurus seien.

Aurangzeb wurde durch diese Widerlegung erzürnt. Er folterte die Anhänger des Gurus und ließ den Guru selbst im Chandni Chowk enthaupten. Eine große Menge hatte sich dort versammelt, um das Martyrium ihres Gurus zu beobachten – die Gurudwara Sis Ganj kennzeichnet diesen Punkt. Der Baum, unter dem die Moslems den Guru töteten, wird noch immer innerhalb dieses Sikh Tempels bewahrt. Später wurde

glauben nicht an das Kastenwesen, sondern bieten Gemeinschaftshilfe in Form von *Kar Seva* an. Sie betreiben eine offene Küche (*Langar*), wo jeder, ohne Unterscheidung nach Kaste oder Glauben, Essen bekommen kann. Die Sikhs machen nur zwei Prozent der indischen Bevölkerung aus und sind

der Körper des Gurus an den Ort der Gurudwara Rakab Ganj gebracht und kremiert.

Sikhs sind mit ihren bunten Turbanen leicht zu erkennen. Die Turbane sind ungefähr sechs Meter lang und müssen jedes Mal neu gebunden werden, wenn sie getragen werden sollen. Die Sikhs glauben an die fünf 'Ks' und haben dementsprechend auf ihrem Körper immer langes Haar, das sie nie schneiden (*Kesh*), den Kamm (*Kanga*), um ihr langes Haar zu kämmen, Unterkleidung, (*Kachcha*), ein Stahlarmband (*Kara*) als Symbol ihres unzerbrechlichen Glaubens, und ein Messer (*Kirpan*), um gegen die Unterdrückung zu kämpfen. Ihre Tempel werden Gurudwaras, Tore zum Guru, genannt. Sie beten keine Abbildungen an, haben aber das heilige Buch als Gegenstand der Anbetung. Sie hauptsächlich in Punjab konzentriert. Obowhl sie haup-tsächlich für ihr landwirtschaftliches Fachwissen bekannt sind, haben sie sich aber durch alle Gesellschaftsschichten hindurch einen Namen gemacht – von der Landwirtschaft zum Modedesign und von Technokraten zu Fernfahrern. Sie werden in Indien als arbeitsame und unbekümmerte Leute anerkannt.

Tatsächlich sind die Sikhs einige der wunderbarsten Leute, die man in Indien treffen kann. ◆

Von den Gläubigen angebotenes Gold wird verwendet, um die Kuppeln des Goldenen Tempels zu bedecken (oben); Pilger, die sich am Nektarsee ausruhen (oben); und die Gutka, das Gebetsbuch mit dem heiligen Rosenkranz, ist für Gebete zu Hause (unten), während das Granth Sahib, das heilige Buch, in den Sikh-Tempeln verehrt wird.

DIE DYNASTIE DES MONDGOTTES

In Madhya Pradesh, in Zentralindien, liegt das kleine, schläfrige Dorf Khajuraho. Obwohl es eine Bevölkerung von nicht mehr als fünftausend Menschen hat, kann es doch mit einem Flughafen angeben - das einzige Dorf in Indien, das einen hat. Der Grund sind natürlich die großartigen Tempel mit ihren außerordentlichen erotischen Skulpturen, die vor mehr als eintausend Jahren von den Herrschern der Chandela-Dynastie gebaut wurden.

Weil es Touristen nachgesehen werden kann, diese Tempel mit primitiver Pornografie zu verwechseln, wird ein zweiter Blick auf die Skulpturen die Philosophie des alten Volkes offenbaren. Wie in allen Tempeln, die eine heilige Funktion als das Haus alles Göttlichen erfüllen, waren auch die Khajuraho Tempel eine Darstellung der Vereinigung männlicher und weiblicher Energien, nämlich Shiva und Shak-

Die Tempelspitze (*Shikhar*) des Kandharia-Mahadev-Tempel aus dem 11. Jahrhundert in Khajuraho erhebt sich wie ein heiliger Berg gegen die untergehende Sonne (rechts); ein Helfer assistiert einer Tempeltänzerin (*Devdasi*) beim Anlegen der Fußschellen vor einem Konzert für die Gottheit (unten links).

ti. Aus diesem Grund sind die Tempel mit erotischen Skulpturen geschmückt.

Glückverheißende Götter, Göttinnen, Soldaten und Tiere sind unerlässlich. Aber es sind die verliebten Paare, die mit ihren verschlungenen Gliedmaßen in einer Vielfalt von vertraulichen Umarmungen, selbst eine bedeutende Gestaltung bilden. Die sexuelle Energie dieser Paare wird mit den Kräften der Natur oder der kosmischen Vereinigung identifiziert. Tatsächlich bedeuten die Skulpturen in Khajuraho den magischen Schutz, der erforderlich ist, um das erfolgreiche Leben des Tempels zu gewährleisten.

Jedoch ist die Geschichte des Ursprungs der Tempel faszinierender als Theorien aus neuester Zeit. Laut einer Erzählung lebte vor ungefähr 1100 Jahren ein Brahmanen-Priester in einem Dorf in der Nähe des Dschungels. Er hatte eine wunderschöne Tochter, Hemvati. Eines Abends ging Hemvati zum Dorfsee hinunter, um Wasser zu holen. Da die anderen Frauen des Dorfes bereits fortgegangen waren, nachdem sie das Wasser fürs Abendessen geholt hatten, entschied sich das junge Mädchen, im kühlen Wasser des Sees zu baden, da es heiß war und rundum keine neugierigen Augen zu sehen waren.

Hemvati wußte nicht, daß Chandra, der Mondgott, durch ihre Schönheit verzückt und am Seeufer als hübscher Prinz erschienen war. Er verführte sie und sie verbrachten die Nacht zusammen unter dem Sternenlicht. Im Morgengrauen verabschiedete sich der Mondgott widerwillig, um seine Position im Himmel

Die feine fachmännische Arbeit der Chandela-Tempel in Khajuraho gibt Szenen aus dem Kama Sutra wieder. Der berühmte Zierstreifen (links) zeigt die verschiedenen Positionen des Kama (Liebesspiels). Der Einzug moslemischer Herrscher mit starren Doktrinen des Islams versetzte der liberalen Gesellschaft den Todesstoß.

wieder einzunehmen. Hemvati war am Boden zerstört, ihn gehen zu sehen, aber Chandra sagte ihr, dass der aus ihrer Vereinigung geborene Sohn zu einem der größten Krieger aller Zeiten heranwachsen würde. Er würde die Chandela-Dynastie gründen, die für Hunderte von Jahren bestehen würde.

Alles geschah, wie er es prophezeit hatte. Der Junge Chandravarman (Geschenk des Mondgottes) wuchs heran und wurde mächtig und reich. Seine Dynastie baute fünfundachtzig Tempel zur Feier der Liebe und Leidenschaft. Nur zweiundzwanzig der ursprünglichen Tempel haben die verheerenden Verwüstungen der Zeit überlebt. Von diesen sind der Lakshman und Kandariya Mahadev Tempel am besten erhalten.

Die Tempel wurden aus Sandstein gemacht, der 43 Kilometer entfernt in Panna gebrochen wurde. Jeder Baustein wurde auf dem Boden gemeißelt, bevor er in seine Position gebracht

und ohne den Gebrauch von Mörtel befestigt wurde. Die Steine wurden mithilfe der Nut- und-Feder -Methode ineinandergeschachtelt und von Eisenklammern zusammengehalten. Die Schnitzereien auf den Tempeln - Götter, Göttinnen, himmlische Tänzer, verliebte Paare, Krieger, Tiere und geometrische Muster - sind ausgezeichnet und jede sinnlich geschnitzt. Die große Anzahl von Skulpturen hat dazu geführt, dass diese Tempel ‚Dichtungen in Stein' genannt werden.

Die Tempel wurden auf einem natürlichen Fundament nach den Grundlagen in der alten indischen architektonischen Abhandlung *Shilpa Shastra* gebaut. Alle Tempel weisen nach Osten - der Richtung der aufgehenden Sonne. Das Spiel von Licht und Schattens auf den Schnitzereien an den Wänden scheint ihnen eine naturgetreue Beschaffenheit zu geben. In seiner weit entfernten Einsamkeit scheint es, als ob nur die Skulpturen die Stadt der Monddynastie bewohnen. ◆

MAHATMA GANDHI

hternes Kind und war nicht gut in der Schule. Zwischenzeitlich geriet er in schlechte Gesellschaft und stahl sogar und rauchte in der Schule. Von Schuldgefühlen geplagt, beichtete er seinem Vater seine schlechten Taten, der seine Tränen nicht zurückhalten kon-nte. Dies wurde ein Schlüsselpunkt in Gandhis Leben und er schwor, nie wieder vom Pfad der Wahrheit abzukommen.

Mohandas Karamchand Gandhi war im frühen Teenageralter, als seine Eltern seine Hochzeit mit Kasturba anordneten. Nach Beendigung der Schule segelte er nach England, um Jura zu studieren. Nach Been-

Gandhi als junger Rechtsanwalt in England (oben); Hari Mahal, Gandhis Haus in Mumbai (rechts); eine preisgekrönte Skuptur in Neu-Delhi stellt Gandhis berühmten Dandi-Marsch als Protest gegen das unbeliebte Salz-Gesetz dar (gegenüberliegende Seite, unten).

Gandhiji oder Bapu, wie er allgemein bekannt war, war einer der größten Staatsmänner dieses Jahrhunderts. Er wurde in Porbandar in Gujarat geboren. Er war ein bescheidenes, schüc-

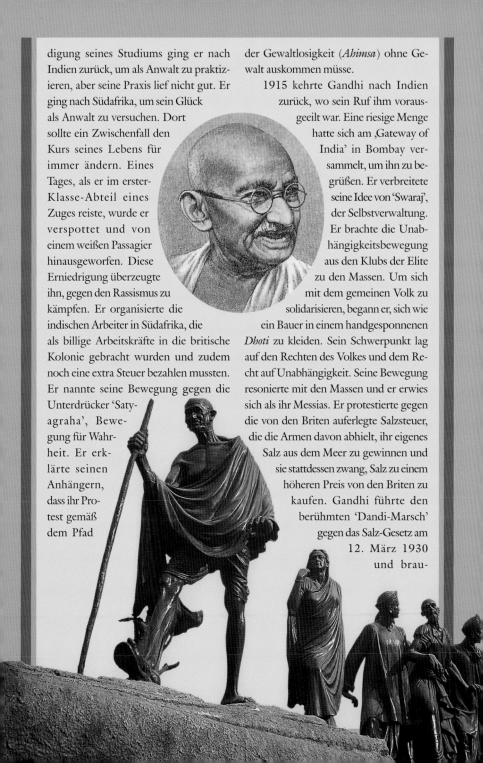

digung seines Studiums ging er nach Indien zurück, um als Anwalt zu praktizieren, aber seine Praxis lief nicht gut. Er ging nach Südafrika, um sein Glück als Anwalt zu versuchen. Dort sollte ein Zwischenfall den Kurs seines Lebens für immer ändern. Eines Tages, als er im erster-Klasse-Abteil eines Zuges reiste, wurde er verspottet und von einem weißen Passagier hinausgeworfen. Diese Erniedrigung überzeugte ihn, gegen den Rassismus zu kämpfen. Er organisierte die indischen Arbeiter in Südafrika, die als billige Arbeitskräfte in die britische Kolonie gebracht wurden und zudem noch eine extra Steuer bezahlen mussten. Er nannte seine Bewegung gegen die Unterdrücker 'Satyagraha', Bewegung für Wahrheit. Er erklärte seinen Anhängern, dass ihr Protest gemäß dem Pfad

der Gewaltlosigkeit (*Ahimsa*) ohne Gewalt auskommen müsse.

1915 kehrte Gandhi nach Indien zurück, wo sein Ruf ihm vorausgeeilt war. Eine riesige Menge hatte sich am ,Gateway of India' in Bombay versammelt, um ihn zu begrüßen. Er verbreitete seine Idee von 'Swaraj', der Selbstverwaltung. Er brachte die Unabhängigkeitsbewegung aus den Klubs der Elite zu den Massen. Um sich mit dem gemeinen Volk zu solidarisieren, begann er, sich wie ein Bauer in einem handgesponnenen *Dhoti* zu kleiden. Sein Schwerpunkt lag auf den Rechten des Volkes und dem Recht auf Unabhängigkeit. Seine Bewegung resonierte mit den Massen und er erwies sich als ihr Messias. Er protestierte gegen die von den Briten auferlegte Salzsteuer, die die Armen davon abhielt, ihr eigenes Salz aus dem Meer zu gewinnen und sie stattdessen zwang, Salz zu einem höheren Preis von den Briten zu kaufen. Gandhi führte den berühmten 'Dandi-Marsch' gegen das Salz-Gesetz am 12. März 1930 und brau-

Der Raj Ghat, wo Gandhi am Ufer des Jamuna kremiert wurde (links); eine Briefmarke mit Gandhi und Kasturba, seiner Frau (unten); und die Steinsäule, die den Platz kennzeichnet, wo Gandhi ermordet wurde.

chte fünfundzwanzig Tage, um die Küste zu erreichen. Am Anfang seiner Reise begleiteten ihn nur eine Handvoll von Anhängern, aber im Verlauf seines Protestmarsches stießen Tausende hinzu. Die Satyagrahis wurden rücksichtslos geschlagen, aber die Prügel konnte die Bewegung gegen die Briten nicht aufhalten, die sich wie ein Lauffeuer ausbreitete. Die Briten wussten nicht, wie sie die Situation des gewaltfreien Protests handhaben sollten – die Satyagrahis waren unterwürfig, selbst wenn sie geschlagen wurden. Die Bewegung des zivilen Ungehorsams legte die Britische Verwaltung lahm. Schließlich gewann die „Verlaßt Indien" („Quit India") Bewegung unter der Leitung von Mahatma Gandhi Auftrieb. Indien wurde 1947 unabhängig, aber ein neues Land entstand auch als separate Nation: Pakistan. 1971 befreite sich ein Teil von Pakistan und wurde ein unabhängiger Staat: Bangladesch.

Ein Bürgerkrieg brach zur Zeit der Unabhängigkeit aus, weil die Teilung auf der Basis von Religion verlief, und mehr als eine Million Menschen verloren ihre Leben. Gandhi wurde durch die Teilung gebrochen. Am 30. Januar 1948, kaum fünf Monate nach der Unabhängigkeit, machte ein Fanatiker Ghandis Leben ein Ende. Seine sterblichen Überreste wurde am Ufer des Jamuna am 31. Januar 1948 eingeäschert. Später wurde seine Asche in allen Hauptflüssen Indiens verstreut.

Er wurde am besten vom Wissenschaftler Albert Einstein beschrieben, der sagte, daß zukünftige Generation es kaum glauben würden, daß ein Mann wie Gandhi überhaupt jemals in Fleisch und Blut auf der Erde geweilt habe. ◆

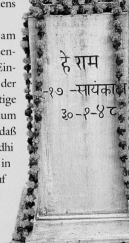

SHATRANJ, DAS SCHACHSPIEL

Das Schachspiel hat einen interessanten Ursprung. Ungefähr 1000 v. Chr. lebte der König Maharadscha Ranvir, der über die alte Stadt Magadha am Ufer des Ganges herrschte. Der König war so übermäßig versessen auf Schlachten, dass er sich ständig auf einen Angriff vorbereitete oder von einem Krieg zurückkehrte. Nicht jeder im Königreich teilte diese Leidenschaft und seine Minister waren die unaufhörlichen Feldzüge leid. Etwas musste getan werden, um den König von seiner Besessenheit abzubringen.

Also wurde Anantha, ein für seine Astronomie- und mathema-

tischen Berechnungen berühmter Brahmane, vom Premierminister zu sich bestellt und gebeten, eine Lösung zu finden. Innerhalb einer Woche sandte Anantha eine Nachricht an den Premierminister, dass dem Hof am nächsten Morgen eine Lösung präsentiert werden würde.

Anantha erreichte den Königshof mit einem karierten Brett und vierundsechzig Spielfiguren und machte König Ranvir mit dem Schachspiel

Ein indischer Prinz ist in das Spiel von *Chaupar* vertieft, einer alten Variante des Schachspiels. Das Spiel wurde eine solche Sucht unter den herrschenden Klassen, dass Königreiche häufig wegen einer Spielfigur verloren wurden. Unten stehend ist eine indische Variante der Schachfigur.

bekannt. Zu jenen Zeiten war es für jeden kriegführenden König normal, eine Armee von Elefanten, Kamelen, Pferden und Infanteristen mitzunehmen. Um sie alle anzuführen, hatte der König seinen Premierminister. Das Spiel beinhaltete die ganze Aufregung und die erforderliche Planung, die in einem normalen Kampf gebraucht wurden. Es fesselte Ranvir, und er

am Ende der dritten Reihe 17 Millionen Körner sein würden (und es 27 Wochen dauern würde, sie zu zählen). Wenn alle 64 Quadrate durch die Verdoppelung der vorherigen Anzahl bedeckt werden sollten, würde es tatsächlich eine sehr lange Zeit dauern, um die 1,84,46,74,40,73, 70,95,51,615 Weizenkörner auf dem letzten Quadrat zu zählen. Anantha war mit

war bereit, Anantha jeden Wunsch zu gewähren, den er äußerte.

Ananthas Wunsch schien einfach zu sein: Er bat um ein Weizenkorn für das erste Quadrat des Schachbretts, zwei für das zweite, vier für das dritte, acht für das vierte, sechzehn für das fünfte und so weiter, bis alle 64 Quadrate gefüllt waren. Der König war sicher, dass Anantha verrückt geworden war, denn er hatte nicht begriffen, dass die Zahlen sich verdoppelten und es bereits

Sicherheit kein gewöhlicher Mathematiker und wurde zum Finanzminister des Königreichs ernannt. Der König genoß das Schachspiel so sehr, dass er nie wieder Krieg führte.

Im altertümlichen Indien wurde auf Schach durch verschiedene Namen wie 'Chaupar', 'Chaturanga' und 'Ashthapadha' verwiesen. Im Mahabharata werden diese Würfelspiele an der Stelle erwähnt, wo die Kaurava-Brüder ihre Cousins, die Pandavas-Brüder, beschwindelten und um ihr

Das riesige Schachbrett im Garten des Jai Mahal. Die Schachfiguren wurden in reinem Gold gegossen und mit Edelsteinen verziert (links unten), damit die Könige die richtigen Züge machen konnten.

nur ein Quadrat sein im Vergleich zu zwei im modernen Spiel, und die Könige werden den Wesiren (Ministern) oder den Königinnen im modernen Spiel entgegengesetzt. Und die Figuren können zu ihrer eigenen Reihe erhoben werden und werden keine Königin beim Erreichen des achten Quadrats.

Zu Beginn des 20. Jahrhunderts beeindruckte ein indischer Spieler, Khan Bahadur, seine Gegner in England mit seinen Fachkenntnisen, konnte sich aber im modernen Schach keinen Namen machen.

Vishwanathan Anand ist der erste internationale Schachgroßmeister in jüngster Zeit, den Indien hervorgebracht hat. Er steht zurzeit an zweiter Stelle in der Welt neben Gary Kasparov. Die Beliebtheit des Spiels ist im Aufschwung und Hunderte von im Land abgehaltenen

Königreich und ihre Frau Draupadi, in einem Spiel von Chaupar brachten. Im Machtrausch versuchten die Kauravas, Draupadi zu entkleiden, aber ihre Ehre wurde von

Ein Schachspiel auf den Straßen von Udaipur. Das Schachspiel ist bei den Indern beliebt, unabhängig von ihrem sozialen Status.

dem Gott Krishna gerettet. Er stellte sicher, dass Draupadis Sari nicht endete, so dass die Kauravas schließlich ermüdet ihr Entkleiden aufgaben. Der große Kampf des Mahabharata zwischen den Vettern geschieht auf ihr Geheiß.

Obwohl Schach in Indien erfunden wurde, hat das Land nicht viele Weltmeister hervorgebracht; aus dem einfachen Grund, dass die Regeln für das in Indien gespielte Spiel sich von denen des modernen internationalen Schach unterscheiden.

Nach den indischen Regeln kann der erste Zug des Bauern

Schachturnieren bringen regelmäßig junge Schachgroßmeister hervor. Der Tag ist nicht weit, wenn junge Wunderkinder die internationalen Turniere beherrschen werden. ◆

BOLLYWOOD, HEIMAT DER SCHNULZEN

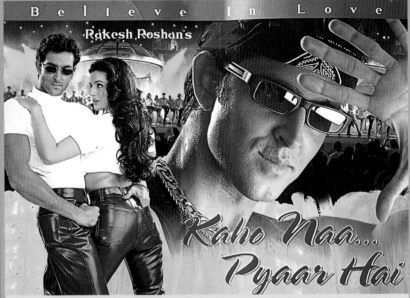

Hollywood kann sich nicht mit Bollywood messen. Die Produktion der in Bombay beheimateten Hindi-Filmindustrie - folglich der Spitzname 'Bollywood' – ist so erstaunlich, dass täglich mindestens zwei neue Filme herauskommen. 1999 allein wurden 116 Hindi-Filme produziert und für 2000 wird erwartet, dass 128 neue Filme in den Kinos landesweit anlaufen.

Und das ist ohne die tamilischen Filme, die in Chennai gemacht werden, Telugu Filme aus Hyderabad, Malayalam Filme aus Trivandrum, bengalische Filme aus Kalkutta, Oriya Filme aus Bhubaneshwar, assamesische und Manipuri-Filme aus Guwahati, Kannada-Filme aus Bangalore und Panjabi-, Gujarati-, Rajasthani-, Haryanvi- und Nepali-Filme, die die Studios und andere Einrichtungen der Großstädte nutzen.

Zusammengenommen werden mehr als 300 Filme jedes Jahr in Indien produziert. Die Tatsache, dass im Folgejahr sogar noch mehr Filme gemacht werden, beweist, dass die indische Filmindustrie floriert. Das Vorzeigeprojekt der gesamten Filmindustrie ist jedoch unbestreitbar Bollywood. Es sind die in Bollywood gemachten Hindi-Filme, die richtungsweisend Superstars hervorbringen und trotz der Vielfalt der Sprachen und Gewohnheiten das ganze Land unterhalten.

Das neue Millennium fing lautstark mit 'Kaho Na Pyar Hai' an (Sag' 'ich liebe dich'), ein super Verkaufshit, der einen neuen Superstar hervorbrachte - Hrithik Roshan. Dieser junge Mann läßt Millionen von jungen Mädchen in Ohnmacht fallen und seine Poster verkaufen sich für Toppreise. Tatsächlich ist alles, was seinen Namen oder sein Bild trägt, sofort ein Verkaufsschlager. Die Filmmusik hat sich millionenfach verkauft und der Film hat die Hitlisten nicht nur im Subkontinent angeführt, sondern auch im Nahen Osten, Südostasien, Nord- und Südafrika und sogar in Großbritannien. Er wurde in 129 Großraumkinos in Nordamerika gleichzeitig eröffnet und von der indischen Gemeinschaft dort begeistert aufgenommen. Mehr Menschen haben diesen Film gesehen als Titanik, Star Wars I, die dunkle Bedrohung und The Sixth Sense zusammen.

Filme sind eine Leidenschaft in Indien. Die Filmindustrie wird von einer Nation angetrieben, die verrückt nach Filmen ist, um der harten Wirklichkeit des Lebens zu entkommen. Das Poster eines Kassenschlagers (gegenüberliegende Seite); eine neue Art von Groß-raumkino macht sich in den Groß-städten breit (oben); und eine berühmte Schauspielerin, Rekha, lugt aus einer Filmwerbung hervor.

Tatsächlich war der Film ein solcher Hit, dass die örtliche Mafia wegen Vertriebsrechten dem Produzenten drohte. Er lehnte ab und wurde angeschossen, überlebte aber in wahrer Bollywood Tradition.

Und wir sprechen hier nur von einem Film. Es gibt zahlreiche Filme, die jedes Jahr spektakulär gut über die Jahre hinweg gelaufen sind und zwar seit das Filmemachen in Indien 1913 anfing.

Die beliebteste Art von Hindi-Filmen ist die musikalische Liebesgeschichte; das Genre, dass auch das große Geld einbringt.

Gewöhnlich ist ein „Boy meets Girl" (Junge triff Mädchen) Thema und der Junge ist reich und das Mädchen arm oder umgekehrt. Um einen indischen Film zu verstehen, braucht man die Sprache nicht zu verstehen oder einen hohen IQ zu haben, weil die Guten auch gut aussehen, die Bös-

en auch häßlich sind und die Komiker sich wie Spaßvögel aufführen. Alle sechs Lebensgefühle können in einer einzigen Geschichte gefunden werden und manchmal gibt es drei oder vier parallele Handlungen, die in demselben Film vorkommen. So kompliziert die Geschichte jedoch sein mag, es gibt immer ein Happy End. Ein solcher Film kann sechs bis zehn Lieder enthalten, in denen das Paar typischerweise um Bäume herumtanzt, was eine symbolische Geste des Umwerbens (und darüber hinaus) ist. Sex und Nacktheit sind Tabu.

Es gibt auch gewaltsame Filme, aber Blut und Ekel werden durch eine Liebesgeschichte sterilisiert, die in den Film hineingewebt ist.

Es sind diese Filme, hauptsächlich Geschichten von Rache, die den ersten Super-Superstar, Amitabh Bachchan, alias „Big B" erschaffen haben.

Heutzutage ist Gewalt passe und Liebesthemen machen ein Comeback. Und die neuen Stars des Geschäfts sind die Khans - Shah Rukh Khan, Aamir Khan und Salman Khan. Aber junge Talente wie Hrithik Roshan holen schnell auf.

Das heißt nicht, dass hier keine ernsten Filme gemacht werden. Tatsächlich kann das sogenannte parallele Kino viele preisgekrönte Filme weltweit vorzeigen. Angefangen mit Satyajit Ray, der den Oskar für seine Lebenswerk bekam und unbestreitbar der größte indische Filmemacher ist, haben Dutzende indischer Regisseure internationalen Beifall gewonnen. Im Laufe der Jahre sind Schauspieler und Schauspielerinnen auch in der Politik erfolgreich gewesen, zum Beispiel wird der südlichen Staat Tamil Nadu schon seit den letzten 30 Jahren durch die eine oder andere Film-persönlichkeit regiert. Ihre Fanklubs mit Millionen von Mitgliedern helfen ihnen, Stimmen einzufangen. ◆

HIJRAS, DAS DRITTE GESCHLECHT

Ein Anblick, der Besucher in Indien immer fasziniert, sind Gruppen von Männern, die in Frauenkleidern aggressiv auf den Straßen um eine milde Gabe bitten. Dies sind ‚Hijras'– kastrierte Männer (Eunuchen) oder mit deformierten Geschlechtsorganen Geborene.

Während anderswo auf der Welt Eunuchen meist nur in Märchen vorkommen, umfaßt die Gemeinschaft in Indien ungefähr anderthalb Millionen Männer, die allerdings als Ausgestoßene leben.

Da sie weder Männer noch Frauen sind, geht ihnen jeder aus dem Weg, so dass sie in ihren eigenen Gemeinschaften leben, wo sie akzeptiert werden. Tatsächlich hat diese Gemeinschaft ihre eigene Religion und ihre eigenen sozialen Normen und Bräuche. Die Hijras gehören einem sehr geheimnisvollen Kult an, der Jahrtausende zurückgeht. Angeblich versprachen kinderlose Paare ihr erstes Kind der Muttergöttin und wenn ein Sohn geboren wurde, gaben die Eltern ihn an den Tempel ab, wo er kastriert wurde, um der Muttergöttin zu dienen.

Hijras verweisen auf sich als ‚sie', weil sie sich als Frauen sehen. Sie bevorzugen es daher, Frauenkleider, Schmuck und Makeup zu tragen. Sie nehmen weibliche Namen an und tragen ihr Haar lang. Wenn sie ihr Geschlecht für offizielle Zwecke angeben müssen, schreiben sie ‚weiblich', was sie natürlich nicht

sind, aber die großartige indische Bürokratie (siehe oben) erkennt nun einmal kein drittes Geschlecht an. Also geben sie für alle offiziellen Zwecke wie zum Beispiel die Wahllisten oder die Frauenabteilung im Krankenhaus ihr Geschlecht statt als ‚Hijra' mit 'weiblich' an.

Um ihren Lebensunterhalt zu verdienen, tanzen die Hijras auf Festen und zu Feierlichkeiten wie Hochzeiten, Geschäftseröffnungen oder der Geburt eines Babys, denn sie sollen Glück bringen. In der Tat laden Eltern und Großeltern sie ein, um Neugeborene zu segnen. Das ist seit Urzeiten ihre traditionelle ritualistische Rolle.

Angeblich gibt die Göttin, die sie anbeten – Bahuchara Mata – ihre Kraft (Shakti) an sie ab, um ihre regenerativen Kräfte an andere weiterzugeben. Einer dieser Segen ist „viele, viele Söhne" zu haben.

Ein Lied, das die Hijras zur Beglückwünschung (*Badhai*) auf Hochzeiten singen, lautet ungefähr so:
"Apfel meiner Augen, den ich herangezogen habe
Mit viel Liebe und Zuneigung,
Heute ist sie erwachsen;
Wie es meine Pflicht ist, schicke ich sie heute in die Ehe".

Die Kehrseite ist, dass Hijras, außer Leute zu segnen auch die Macht haben, sie mit einem Fluch zu belegen. Wie eine Geschichte erzählt, beleidigte ein Pendler oft eine ‚Familie' von Hijras, die neben den Bahngleisen lebte. Eines Tages belegte ihr Guru diesen Mann mit einem Fluch und ein paar Tage später fiel er vom Zug und starb. Die gute Nachrichten ist jedoch, dass, selbst wenn ein Fluch ausgesprochen wurde, er durch ein kleines Ritual wieder neutralisiert werden kann.

Eine Erzählung, die mit dem Ramayana assoziiert wird (aber nicht Teil dessen ist), gibt die Geschichte einer Gruppe von Hijras wieder, die, zusammen mit anderen Bürgern, den Gott Rama begleiteten, als er Ayodhya verließ, um für 14 Jahre ins Exil zu gehen. Vor seiner Abkehr verabschiedete Rama sie, indem er sagte: "Männer und Frauen, geht nach Hause." Nach seiner Rückkehr 14 Jahre später fand er die Hijras immer noch auf ihn wartend, da er ihnen nicht gesagt hatte, weg zu gehen. Gerührt von ihrer Loyalität verlieh Rama ihnen die Macht zu segnen und zu verfluchen.

In früheren Zeiten haben hinduistische Könige Hermaphroditen und moslemische Herrscher Kastrierte als Diener angestellt. Während der moslemischen Herrschaft in Indien spielten sie eine wichtige Rolle in der Gesellschaft. Sie waren als 'Kwaja Sara' bekannt und wurden in zwei Hauptgemeinschaften geteilt: Wazirwallas und Badshawallas. Wazirwallas dienten dem Adel, während Badshawallas das Privileg genossen, am königlichen Hof zu arbeiten. We-

gen ihres neutralen Geschlechts wurden sie als Haremswächter mit uneingeschränktem Zugang zu privaten Gemächern und Palästen angestellt. Sie waren die vollkommenen Wächter, weil sie sexuell keine Bedrohung für die Frauen darstellten und den Zugang zum Harem kontrollierten. Da keine Außenseiter innen erlaubt wurden, musste jede Frau der Frauengemächer (Zenana), die ihren Geliebten einzuschmuggeln versuchte, und der das Unglück hatte, gefangen zu werden, mitansehen, wie er von den Hijras zu Tode geprügelt wurde. Ihre Aufgaben schlossen auch das Überbringen von Do-

Hijra-Verwalter im Fort von Agra (erste Seite); drei Eunuchen bei einem Schrein am Straßenrand (gegenüberliegende Seite); Eunuchen segnen die frisch verheiratete Braut Jackie nach ihren Flitterwochen (unten); manchmal verlangen Eunuchen unverschämte Summen für ihren Segen - in diesem Fall musste sich die Familie von fünfzig Dollar trennen!

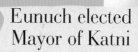

Eunuch elected Mayor of Katni

PROBABLY FOR the first time in the country, Kamala Jaan, a eunuch, has been elected Mayor of a Municipal Corporation. Contesting as an independant, Kamala Jaan defeated candidates of Congress, BJP and Janata Dal (U) to emerge the winner in the civic body's election in Katni. The post was, incidentally, reserved for woman. Kamala polled 23,215 votes against 21,418 polled by Alka Jain (BJP) and 12,943 by Aradhana Jain (Congress), officials said here. **PTI, Katni**

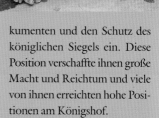

kumenten und den Schutz des königlichen Siegels ein. Diese Position verschaffte ihnen große Macht und Reichtum und viele von ihnen erreichten hohe Positionen am Königshof.

Die 'Hijras' waren ihren Herren sehr treu ergeben. Wenn ein König gestürzt wurde, was

nicht ungewöhnlich war, begleiteten sie ihn häufig ins Exil und sogar in den Tod. Die gut aussehenden Hijras waren oft die Ursache der Eifersucht unter den Prinzen, die bisexuell waren. Ihre gehobene Stellung in der Gesellschaft stiftete viele arme Eltern an, ihr Kind kastrieren zu lassen, damit er am königlichen Hof angestellt werden konnte. Kaiser Jehangir versuchte, diese barbarische Praxis zu beenden, jedoch setzte sie sich jahrhundertelang fort.

Im letzten Jahrhundert noch wurden Eunuchen in den Haushalten der indischen Oberschicht- als Diener angestellt, aber mit dem Ende der fürstlichen Staaten fanden sich die Eunuchen bald ohne Status und Beschäftigung. Schon seit dem Ende des Patronats von Königen hatten sich die Hijras in Gettos in den ummauerten Vierteln alter Städte zurückgezogen.

Einige meinen allerdings, dass die Programme zur Familienplanung im Land es für sie schwierig gemacht haben. Ferner ist es für sie durch ihren Paria-Status nicht einfach, Arbeit zu finden und sind so zum Betteln gezwungen, um über die Runden zu kommen. Schwere Zeiten haben auch viele in die Prostitution getrieben.

Hijras gehören allen Glaubensrichtungen an, sind aber vereinigt in ihrer Verehrung von ‚Bahuchara Mata.' Die meisten Hijras haben ihren eigenen ihr gewidmeten Schrein zu Hause mit einer oder mehreren Statuen. Der Haupttempel der Göttin ist in Becharji, einer kleinen Stadt nördlich von Ahmedabad in Gujarat. Die Priester sind alle männliche Brahmanen. Die Göttin reitet gewöhnlich auf einem Hahn, deswegen sind immer viele Hähne auf dem Tempelgelände zu sehen. Gläubige können versprechen, einen Hahn frei zu lassen, wenn ihre Bitten an die Göttin gewährt werden. Alte Eunuchen, vom Tempel unterstützt, verbringen hier ihre Zeit. Es gibt eine Statue der Göttin in Silber. Sie ändert ihr Fortbewegungsmittel täglich je nach Erscheinungsform – sie könnte auch einen Löwen, einen Pfau, einen Schwan, einen Tiger, einen Stier oder einen Elefanten reiten.

Der Tempel wurde vor 700 Jahren in der Nähe von Maharadscha Manekji Gaekwads Palast gebaut. Der Legende nach verfing sich der König eines Tages bei der Jagd in einem Fluss aus langen Haaren. Er folgte ihm und fand heraus, dass das Haar der ruhigen Göttin Bahuchara Mata gehörte, die auf einer Schaukel saß. Der König verliebte sich in sie. "Du bist sehr schön", stellte er fest, "möchtest du mich heiraten?" "Ja", antwortete sie, "aber nicht heute. Komm am Dienstag mit Schmuck und Essen, dann werde ich dich heiraten." Am verabredeten Tag ritt der König mit seinen Gästen und sogar seinem Hund wieder dort hin. „Tauch in das Wasser ein und erfrisch dich erst", ordnete die Göttin an. Als er im Wasserbecken, das noch heute besteht, untertauchte, sagte sie: "Jetzt schau dich einmal an." Der König war fassungslos. Sein Penis war verschwunden."Wie konnte das passieren?", fragte er ungläubig. „Niemand kann mich heiraten", verkündete sie, „denn ich bin deine Mutter und du bist mein Sohn. Nach dir werden noch andere kommen. Du wirst dich um sie kümmern; ich werde dir die

Macht geben, anderen Fruchtbarkeit zu gewähren."

"Aber sterben Männer nicht, wenn du ihre Organe abschneidest?" fragte der König.

"Schau mal deinen Hund an," sagte sie und befahl erst dem Hund und dann dem Pferd, ins Wasser zu gehen. Sie verloren auch ihre Organe. Der Hund litt unter Schmerzen. "Nimm heißes Öl und heißes Wasser und trag es auf dem Einschnitt auf," ordnete sie an. Der Hund wurde ruhig und überlebte. "Diese Methode ist für jeden," sagte sie. "Du wirst nicht sterben." Diese rituelle Methode der Kastration - bekannt als Nirvana – wird noch heute ausgeübt. Seitdem singen Männer in diesem Tempel, "Warum machst du uns nicht zu einem Hijra wie den König?"

Für die meisten Hijras heutzutage wurden ihre biologischen Familien durch die ‚Hijra Familien' ersetzt. Diese ‚Familien' sind Gruppen von gut organisierten Gläubigen, die sich helfen und einander beschützen. Ungefähr sieben bis fünfzehn von ihnen bilden eine Einheit und jede Familie wird von einem ‚Guru' geleitet. Sie nennen einander 'Schwester', 'Tochter', 'Tante' oder 'Schwiegermutter'. Jeder Guru gehört zu einem Älteren, der Nayak genannt wird, und Gruppen von Nayaks beaufsichtigen und entscheiden das Territorium, in dem die Hijras arbeiten. Der Guru passt auf seine Herde auf und ihr wird ein Teil des Ertrags gegeben. Hijras leben nicht unbedingt mit ihren Gurus. Viele leben allein, während einige sogar Ehemänner haben und als Hausfrauen arbeiten.

Es wird wahrscheinlich nicht lange dauern, bevor sich die Zeiten ändern und sich die Tradition der 'Hijras' in die Falten der Geschichte wickelt, da die neue Volkswirtschaft die Familien kleiner und zeitlose Traditionen unpraktisch macht. ◆

Eunuch elected to MP assembly

The Times of India News Service

BHOPAL: Voters in the Sohagpur assembly constituency in Shehdol district in Madhya Pradesh created history of sorts on Friday by electing Shabnam Mausi, a eunuch, as their MLA in the bypolls held on February 17.

Contesting as an independent, Shabnam Mausi defeated her closest rival, Lallu Singh of the BJP, by 17,863 votes. Shabnam got 39,937 of the 1,02,382 votes polled. There were nine candidates in the fray. Congress nominee Brijesh Singh, son of former Gujarat governor Krishnapal Singh, came a poor third.

Shabnam Mausi (40) was born in Mumbai to a Brahmin family. Father Gokul Prasad Sharma is a retired deputy inspector-general of police and said to be living in Kanpur. Shabnam, who left home at the age of 11, has been living for the past 20 years in Anuppur in Shehdol and makes a living by singing and dancing. Shabnam speaks 11 languages, including English, Hindi, Marathi, Gujarati, Punjabi, Kannada, Telegu and Tamil. Checking unemployment and rising prices top her agenda as MLA.

MANIKARNIKA, DER
BRENNENDE GHAT

Die Söhne einer Familie, in einfache *Dhotis* gekleidet, legen den Leichnam ihres Elternteils auf den Scheiterhaufen. Es ist die Aufgabe des ältesten Sohns, den Scheiterhaufen anzuzünden.

Laut einer hinduistischen Legende vollzog der Gott Shiva eine anspruchsvolle Buße am Ufer des Ganges in seiner Lieblingsstadt Varanasi. Seine Bemühungen galten der Verbesserung der Notlage aller Lebewesen, die im *Samsara* zum Zyklus der Geburt und Wiedergeburt gefangen waren. Seine Meditation (*Tapasya*) war so gewaltig, dass der Boden, auf dem er sie vollzog, sich nach innen wölbte. Der Gott Vishnu war mit Shivas

Hingabe und Mitgefühl für alle Lebewesen äußerst zufrieden. Er erschien persönlich dort, wo Shiva meditierte, um ihm einen Segen zu gewähren. Es wird gesagt, dass Shiva ihn darum bat, allen Menschen Erlösung zu gewähren, die während ihrer Lebenszeit zur heiligen Stadt Varanasi kamen. Vishnu war wieder mit Shivas Mitgefühl zufrieden und gewährte ihm den Segen. In einer bewundernden Geste nahm Vishnu Shivas

Gesicht in seine Hände und schüttelte es. Shivas Ohrring löste sich und fiel zu Boden. Die genaue Stelle, wo dieser Ohrring hinfiel, wurde Manikarnika (Mani = Juwel, Karnika = des Ohres) genannt und der Ort, wo Shiva seine Buße vollzog, ist der kleine Teich dahinter.

Manikarnika Ghat ist auch als der 'brennende Ghat' bekannt. Seit Urzeiten sind Leichen zur Einäscherung an diesen heiligen Ort gebracht worden und die Tradition ist so alt wie die Stadt selbst. Es wird gesagt, dass Varanasi, , die älteste lebende Stadt der Welt, sogar älter als die Legenden selbst sei. Seitdem Manikarnika Ghat von den Göttern Vishnu und Shiva geweiht worden ist, hat die

Einäscherung hier eine spezielle Bedeutung, da sie der verstorbenen Seele Befreiung vom Kreislauf der Geburt und Wiedergeburt verspricht.

Jeden Tag finden ungefähr 150 Einäscherungen rund um die Uhr in diesem großen Krematorium (*Maha Shamshan*) statt, aber der Einäscherungsgrund ist besonders am Nachmittag überfüllt, wenn die Einwohner der nahegelegenen Dörfern mit den Leichnamen eintreffen.

Manikarnika, der brennende *Ghat*, nimmt Leichname zur Feuerbestattung rund um die Uhr entgegen. Nachts bieten die riesigen orangenen Flammen, die die menschlichen Körper verbrennen, einen beeindruckenden Anblick. (unten) Ein Wärter des Scheiterhaufens (*Dom*) verteilt die Holzscheite mit einer Stange, um sicherzustellen, dass alle Teile des Körpers verbrannt werden.

Der Körper eines Verstorbenen wird gründlich gewaschen, bevor er ins Leichentuch gewickelt und an eine kleine, aus Bambus gemachte Leiter gebunden wird. Die Sargträger sind die männlichen Mitglieder der Familie, die den Leichnam auf ihren Schultern tragen und "Ram Nam Satya Hai" - " Ramas Name ist die echte Wahrheit" auf dem ganzen Weg zum Einäscherungsplatz rezitieren.

Auf dem Weg zum Kremationsgrund (Ghat) nimmt die Polizei die Personalien der toten Person auf und stellt später die Sterbeurkunde aus. Sobald sie den Einäscherungsplatz erreicht haben, übergeben die Familienmitglieder den Wärtern (*Doms*) den Leichnam. 'Doms' gehören der niedrigsten aller niedrigen Kasten der Hindus an und arbeiten traditionell auf dem Einäscherungsgelände. 'Doms' beraten die Familien, wie viel Holz man für die Zeremonie kaufen sollte (ungefähr 300 kg). Kampfer und geklärte Butter sind die einzigen leicht entzündlichen Materialien, die für die Einäscherung verwendet werden.

Der Leichnam wird zuerst zur Reinigung in den Ganges getaucht und dann auf den steilen Stufen des Ghats zum Trocknen liegen gelassen. Der älteste Sohn des Verstorbenen führt die Riten der Selbstreinigung durch. Sein Kopf wird kahl rasiert und er wird in Weiß gekleidet. In der Zwischenzeit kaufen die Familienmitglieder das religiöse Zubehör, das erforderlich ist, um die letzten Riten durchzuführen. Die Doms bauen den Scheiterhaufen anhand der Größe des

Ein Affe beobachtet die ernste Szene der Einäscherung im Pashupatinath-Tempel. (links) Rauch steigt aus Manikarnika Ghat empor, wo sich der Boden nie abkühlt. Das hier aufge- stapelte Holz wird für die Einäscherungen verwendet. Die konischen Spitzen am Horizont sind Hindu-Tempel, von denen es in der Stadt mehr als 5000 gibt.

Einäscherung verwende- ten ewigen heiligen Feuers ist. Dabei gibt es keinen festgelegten Pre- is; er verlangt Geld abhängig vom Lebens- standard einer Person.

Das ganze Ritual wird schweigend durch- geführt, um durch den Ausdruck von Kummer die Seelenwanderung nicht zu stören. Aus diesem Grund kommen Frauen auch nicht mit auf das Bestattungsgelände.

Leichnams auf, wobei die Mehrheit der Holzscheite unter ihn gelegt werden und der Rest oben und für die Seiten benutzt wird.

Der älteste Sohn (oder in seiner Abwe- senheit das älteste männliche Familien- mitglied) geht fünfmal gegen den Uhrzeigersinn um den Scheiterhaufen herum, um die Rückkehr des Körpers zu den fünf Elementen der Natur zu symbol- isieren und zündet den Scheiterhaufen mit brennendem Gras an. Dann kauft er das heilige Feuer vom König der Doms (*Raja Dom*), der allein der Aufseher des für die

Die Familienmitglieder warten darauf, dass der Leichnam zu Asche wird, was ungefähr drei Stunden dauert. Das Sprengen des Schädels symbolisiert die Freigabe der Seele. Später nehmen alle Sargträger ein heiliges Bad im Ganges bevor sie nach Hause gehen. Nachdem der Leichnam völlig verbrannt ist, wird die glimmende Asche von den 'Doms' eingesammelt und im Fluss verstreut, um Platz für den nächsten Leichnam zu ma-

chen. Die Asche der Hindus, die nicht direkt am Ufer des Ganges eingeäschert werden, wird am Tag nach der Kremation von den männlichen Familinmitgliedern im Ganges verstreut.

Kinder unter zehn Jahren werden als unreif betrachtet und daher nicht kremiert. Sie werden stattdessen in den Fluss hinabgelassen, mit einen Stein um ihren Körper gebunden. Sadhus und Yogis werden auch nicht kremiert, sondern im Wasser begraben (*Jal Samadhi*), da man glaubt, dass sie die menschliche Stufe der Existenz bereits verlassen haben. Leprakranke werden nicht kremiert, um den Feuergott nicht zu verärgern, dessen Vergeltung mehr Personen, die an der Krankheit leiden, zur Folge hätte. Auch Personen, die an Schlangenbissen sterben, werden nicht kremiert, da Schlangen mit dem Gott Shiva in Verbindung gebracht werden und ihr Biss dementsprechen als glücksbringend betrachtet wird. Ihr

Körper wird an ein aus Bananenstämmen gemachtes Floß gebunden und auf dem Ganges treiben gelassen. Schwangere Frauen werden auch nicht kremiert, da das Baby in ihrem Bauch noch nicht fertig ausgebildet ist.

Dreizehn Tage nach der Einäscherung werden Brahmanen eingeladen und verköstigt und die religiösen Riten werden von den Familienmitgliedern durchgeführt, um die abgeschlossene Seelenwanderung von der Erde in den Himmel zu verdeutlichen. ◆

GANGA, DIE HIMMLISCHE FLUSSGÖTTIN

Die Göttin Ganga war die Tochter des mächtigen Himavan und der Mena und ihr Großvater mütterlicherseits war der mythologische Berg Meru. Seit ihrer Kindheit war Ganga ein unartiges und schelmisches Kind. Jedes Mal, wenn sie von zu Hause weglief, nahm sie die Gestalt eines Flusses an. Der mächtige Himalaya mochte ihre schelmische Art. Eines Tages kamen die Götter (*Devas*) von ihrem himmlischen Aufenthaltsort herunter, um die Berge zu durchstreifen, wo sie Ganga entdeckten, die ihren Unfug mit den Bergen trieb. Die

Bei Sonnenaufgang steigen Tausende von Gläubigen zu den Badestellen (Ghats) von Varanasi hinunter, um sich im Wasser des heiligen Fluss Ganges zu reinigen. Ein hinduistischer Asket mit den heiligen Perlen der *Rudrakshas* und einem Dreizack, dem Symbol Shivas, meditiert zur aufgehenden Sonne hin.

Devas waren von ihrer Munterkeit und jugendlichen Energie so beeindruckt, dass sie ihren Vater aufsuchten, um ihn zu überzeugen, sie in den Himmel zu senden, wo ihre Anwesenheit sehr erforderlich war. Himavan, Gangas Vater, war zufrieden, dass die Devas des Himmels seine Tochter für würdig hielten, von ihnen in den Himmel (*Swarglok*) gebeten zu werden.

Zu günstiger Stunde nahm sie die Form einer schönen Frau an und stieg zum Himmel empor. Sie plante, zunächst die leich-

(links) Ein Bhramane vollzieht das Abendgebet (*Aarti*) am Ufer des Ganges. (rechts) Eine Panoramaansicht der Ghats von Varanasi, die voller Leben sind. Vom Boot aus kann man den Anblick am besten genießen. (unten) Ein Pilger hält das heilige Wasser des Ganges zur Morgensonne.

teren Ziele anzugreifen, anstatt es mit den Göttern direkt aufzunehmen. Immerhin erhielten die Devas ihre Energie, indem sie Tugend auf der Erde verbreiteten. Die Dämonen krochen nachts vom Meeresgrund hervor, töteten alle religiösen und frommen Leute und verbreiteten so völlige Zügellosigkeit. Daraufhin wurden die Götter schwach und lustlos , so dass sogar die energiegeladene Ganga es schwer fand, ihrer Moral Auftrieb zu geben.

In ihrer Hilflosigkeit ging eine Delegation von Devas zu Brahma, dem Gott der Entstehung, um ihn von dem Problem in Kenntnis zu setzen. Er wiederum verwies sie an den Gott Vishnu, der ihnen durch seine göttliche Weitsicht sagen konnte, dass sich die Dämonen auf dem Meeresgrund verbargen, von wo sie alle ihre Angriffe ausführten. Er schlug ihnen vor, den Weisen Agastya in dieser Sache um Hilfe zu bitten, da er die einzigartige Macht habe, den Ozean austrocknen zu können.

Der Weise Agastya war gerne bereit, den Devas zu helfen, ging zum Meer und trank es aus. Sobald die Dämonen enttarnt waren, beseitigten die Devas sie. Einige schafften es jedoch zu entkommen, in dem sie sich unter dem Meeresgrund versteckten. Nachdem sie die Dämonen hinausgeworfen hatten, wandten sich die Devas bittend an den Weisen Agastya und und

baten ihn, das Meer wieder aufzufüllen. Agastya konnte nicht helfen, da er das Wasser bereits verdaut hatte. Aber die Devas gaben sich mit dieser Katastrophe nicht zufrieden; ihre Delegation klopfte noch einmal die Tür von Gott Brahma und erklärte das Problem, das sich für die Menschheit abzeichnete. Brahma sagte dann voraus: "Die Ozeane werden sich füllen, wenn der kinderlose Sagar, König von Ayodhya, Kinder haben wird." Während sich dies im Himmel abspielte, sagte auf der Erde der Weise Bhrigu, zufrieden mit der Buße von König Sagar und seinen beiden Frauen voraus, dass sie sechzig-

tausend kleine Jungen finden würden, wenn sie einen Kürbis aufschnitten.

Königs Sagars Sohn stellte sich als unfähig heraus zu regieren, so dass der Thron an seinen Enkel weitergegeben wurde. Die sechzigtausend Kinder von Sagars zweiter Frau stellten sich als arrogant und ungestüm heraus. Als ihr Vater sein Opferpferd verlor, bat er sie, es zu suchen. Bei ihrer Verfolgung erreichten den Weisen Kapila und dachten in ihrer Arroganz nichts dabei, seine Meditation zu stören. Sie machten die Sache noch schlimmer, in dem sie ihn einen Dieb nannten. In seiner Wut verbrannten die glühenden Augen des Weisen Kapila König Sagars 60,000 Kinder zu Asche.

Schließlich war es Urgroßenkel von Sagar, Bhagirath, der zur Rettung kam. Bhagirath ließ den Luxus des Königreichs hinter sich und betete mit ausgestreckten Armen darum, dass Ganges vom Himmel hinunterkommen und über die Asche seiner Onkel fließen solle. Seine Fünf-Feuer-Buße und Meditation gefiel den Göttern, die hinunterstiegen, um ihm einen Segen zu gewähren. Bhagirath bat darum, dass die Göttin Ganges auf die Erde hinunterkommen sollte. Brahma stimmte zu, aber das Problem war, dass, wenn Ganges direkt auf die Erde hinabsteigen würde, sie sich durch die Kraft des Falls in zwei Teile spalten würde. Der Gott Shiva wurde dann gebeten, Ganges' Fall aufzuhalten, indem er sie in seinem verfilzten Haar auffing. Alle Devas des Himmels kamen, um das Schauspiel des himmlischen Flusses zu beobachten, der auf der Erde hinunterstieg und über die Asche von Sagars sechzigtausend Söhnen floß, um sie zu befreien. Die Mutter Ganges oder Maa Ganga, wie die Hindus sie nennen, wäscht mit ihrem reinen Wasser die Sünden aller Wesen ab. ◆

Junge Brahmanen versammeln sich zum Abendritual am Ufer des Ganges in Rishikesh. (unten) Ein Brahmane hält eine Lampe mit brennendem Kampfer zur Anrufung der Flussgöttin Ganga in Varanasi empor.

Indien ist ein Land der Gegensätze. Hier sind die Reichen sehr reich und die Armen sehr arm. Etwas Wohlriechendes riecht sehr gut, während Übles sehr schlecht riecht. Hinsichtlich des Essens sind die Gegensätze ähnlich ausgeprägt; alles Süße ist sehr süß und alles Scharfe ist sehr scharf.

Das Essen ist ebenso abwechslungsreich wie die Landschaft und die Sprachen des Landes. Jede geographische Region rühmt sich einer Vielfalt von Köstlichkeiten. Darüberhinaus hat jede Kaste und jede linguistische und religiöse Gruppe ihre eigenen Essensvorschriften, an die sich seit Generationen gehalten wird.

In einigen Kasten und religiösen Gruppen ist es in Ordnung, Fleisch zu essen, während in anderen Kasten das einzige nicht-vegetarische Essen Eier sind. Unter den Vegetariern selbst gibt es viele Unterscheidungen. Zum Beispiel wird es einigen religiösen Gruppen verboten, Zwiebeln und Knoblauch in ihren vegetarischen Zubereitungen einzuschließen, während in Küstengebieten Fisch als Teil der vegetarischen Nahrung akzeptiert

wird. Rindfleisch wird nur in Gebieten gegessen, wo es eine hohe Konzentration von Moslemen und Christen gibt. Für die Mehrheit der Hindu-Bevölkerung ist es aus religiösen Gründen Tabu.

Die Grundlage aller indischen Gerichte sind die Gewürze. Diese waren es auch, die Europäer bereits früh an Indiens Küsten zogen. Da es in Europa im Mittelalter keine Küh-lung gab, wurden Gewürze verwendet, um Fleisch zu bewahren. Es ist eine andere Sache, dass es schließlich Europäer waren, die über das Land herrschten.

Im Großen und Ganzen neigen die Essgewohnheiten des Lan-

(gegenüberliegende Seite) Ein großes Angebot an gewürzten Linsen, Erdnüssen und Chips (*Namkins*) wird fachmännisch für die Besucher des Amer Fort in Jaipur ausgebreitet. (rechts) *Mirchi Vada*, wahres Dynamit für den Gaumen, ist ein normales Frühstück in Rajasthan. (unten, Mitte) Gebratene Gemüsebällchen (*Pakoras*) sind in Indien an jeder Straßenecke erhältlich. (unten rechts) Ein Straßencafé (*Chaiwalla*) bereitet süßen Tee mit Milch und Gewürzen zu, der sich dazu eignet, den Effekt des scharfen Imbisses zu lindern.

des zum vegetarischen Essen, von dem es eine riesige Vielfalt gibt. In Südindien werden *Dosa*, *Idli* und *Sambhar* mit Vorliebe gegessen, während in Nordindien *Dal*, *Roti* und *Tandoori*-Gerichte das Menü beherrschen. Im Osten und Süden sind Fischcurry und Reis Teile der Grundnahrung. Je heißer eine Region des Landes ist, desto schär-

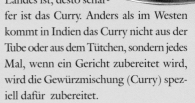

fer ist das Curry. Anders als im Westen kommt in Indien das Curry nicht aus der Tube oder aus dem Tütchen, sondern jedes Mal, wenn ein Gericht zubereitet wird, wird die Gewürzmischung (Curry) speziell dafür zubereitet.

Inder essen meistens von einem großen Stahlteller, der *Thali* genannt wird. Er hat zahlreiche Unterteilungen für die Vielfalt von Currys, *Dals* (Linsen), *Subjzi* (Gemüse) und *Raita* (gerührter

Jogurt). *Roti* (Flachbrot) oder Reis kommt zusammen mit *Achar* (Gurke) in die Mitte. Die Anzahl der Gerichte nimmt je nach Anlass zu. Bei Festen kann die Zahl sieben oder zehn verschiedene Gerichte betragen, während eine normale Mahl-

zeit aus zwei oder drei verschiedenen Gemüsen, Linsen und Jogurt besteht.

Es gibt keinen ersten oder zweiten Gang; alles wird zur gleichen Zeit aufgetragen. Inder lieben verschiedene Geschmacksrichtungen mit jedem Bissen, den sie essen, deshalb wrid jedes Mal eine neue Kombination aus Curry, Raita und Achar versucht. Es gibt kein Besteck; alles wird mit den Händen gegessen, obwohl man in modernen Haushalten reichlich Besteckvorfindet.

Falls Salat dazu gereicht wird, besteht er aus rohen Zwiebeln, Tomaten und Gurke, denen Zitronensaft, Salz, Pfeffer und rote Chillies in Puderform beigefügt

werden. Es ist in Indien nicht üblich, Alkohol zum Essen zu trinken, da erim indischen Essen keine Rolle spielt. Falls abends Alkohol angeboten wird, wird er gewöhnlich vor dem Essen getrunken und dann so viel wie möglich, , denn sobald das Abendessen aufgetragen wird, ist es das Zeichen, dass die Party bald vorbei ist. Sobald das Essen vorüber ist, stellen die Gäste ihre Teller zusammen und machen sich auf den Rückweg, da es nicht üblich ist, sich nach dem Essen noch bei Tee oder Kaffee zu unterhalten.

Die Straßen Indiens sind auch für ihre leckeren Köstlichkeiten berühmt. Die Vielfalt ist atemberaubend: Gekochte

Rote Chillischoten trocknen nach der Ernte auf einem Bauernhof. Diese werden getrocknet und dann verkauft, um zu Puder gemahlen zu werden, das in den Currys verwendet wird. (unten) Ein Süßigkeitenverkäufer frittiert *Katchori,* ein scharfes Gebäck.

Kichererbsen mit verschiedenen Gewürzen (*Matka Chana*), Kichererbsen in dicker, schwarzer Soße mit weichem Brot (*Kulche Chole*), Gewürzte Kartoffelbällchen im Brötchen (*Batata Wada*), golfball-großes, weiches Gebäck mit scharfem Minz-Wasser und einer würzigen Füllung aus Kartoffeln und Kichererbsen (*Pani Puri* - nichts für zart Besaitete) (und Puffreis mit süßer und saurer Soße, Kartoffeln, Zwiebeln, Tomaten und kräckern (*Bhel Puri*), sind einige

der Vergnügen, die nur auf der Straße
genossen werden können. Restaurants
versuchen wirklich, dieses Straßenessen
zu imitieren, können sich aber nicht mit
dem bescheidenen Handwagen an der
Straßenecke messen.

Der König des Straßenessens ist mit
Sicherheit der *Mirchi Vada* (Chili Tem-
pura), ein beliebter Straßenimbiss, der
viele Varianten hat, aber am besten von
den Straßenlokalen in Jaipur, Jodhpur
und Udaipur in Rajasthan zubereitet
wird. Die Zubereitung ist jedoch ziem-
lich einfach; eine ausreichend große, grüne
Chilischote wird ausgewählt, in der Mitte aufgeschnitten und mit gewürzten,
gekochten Kartoffeln gefüllt. Es wird
dann in einen dicken Teig aus Kichererb-
senmehl getaucht und in kochendem
Senföl gebraten. Sobald der Teig gold-
braun ist, wird der Mirchi Vada aus der

Pfanne genommen und mit süßer und saurer Soße serviert.

Ein Bissen in den Mirchi Vada schickt einen Weckruf an alle schlafenden Geschmacksknospen. Das brennende Gefühl, das den Mund füllt, findet schließlich seinen Weg zum Magen über den Hals und die Speiseröhre. Gewöhnlich wird süßer Masala-Tee verwendet, um dieses Feuer zu löschen. Ein Bissen vom Mirchi Vada ist

(oben links) Nahaufnahme von *Katchoris* und *Dal ki Pakori* in der Pfanne. (oben, Mitte) Die Vielfalt an Gewürzen, die für indisches Essen verwendet wird. (oben rechts und unten) Samosa (eine Pyramide aus scharf gewürzten, frittierten Teigkartoffeln), zum Verkauf in verschiedenen Süßigkeiten (*Halwai*)-Geschäften.

genug, um die Schweißdrüsen in der Kopfhaut zu öffnen und Tränen in die Augen zu treiben. Die Nase könnte auch anfangen zu laufen. Die ganze Erfahrung ist so bereichernd, dass man noch einen Bissen möchte, sobald sich das Feuer gelegt hat. Das Essen ist ungefährlich, wenn es richtig gekocht ist und heiß gegessen wird. Das maximale Risiko ist ein ‚Delhi Belly' (Durchfall). Viele von uns, auch wenn wir die Folgen kennen, werden von diesen Straßenlokalen angezogen wie die Motten zum Licht. Was wäre das Leben schließlich ohne Würze! ◆

GLOSSAR

A

Abul Faizal - Kaiser Akbars verläßlichster Höfling

Achkan - langer Mantel mit Mandarin-Kragen

Adinath - der erste der 24 Jain-Propheten

Adi Shankracharya - einer der meist verehrten Heiligen Indiens. Er ist verantwortlich für das Wiederaufleben des Hinduismus im 8. Jahrhundert. Er hat auch vier Zentren (Maths) in den vier äußersten Regionen Indiens eröffnet.

Agra - die Stadt des Taj Mahal war die Hauptstadt des Mogulreiches vom 16. bis 17. Jahrhundert

Ahimsa - Gewaltlosigkeit

Ajana Chakra - das letzte der sechs Energiezentren, das sich auf der Stirn befindet

Akbar - der dritte und größte Herrscher der Moguldynastie, Erbauer des Forts in Agra und von Fatehpur Sikri

Akhada - indisches 'Gymnasium', dem die Sadhus angehören

Amer - die alte Hauptstadt von Jaipur

Amir - Adliger

Amrit - Nektar

Anarkali - eine gewöhnliche Tänzerin, deren Liebesaffäre mit Prinz Salim den Mogulthron wackeln ließ

Andhka - ein Dämon

Arjuna - der Tapferste der fünf Pandavas

Arier - die Rasse Nordindiens

Asana - verschiedene Yoga-Positionen

Ashoka- Säulen - monolithische, polierte Granitsäulen, die eingravierte Verordnungen des Buddhismus tragen und 327 v. Chr. von Kaiser Ashoka aufgestellt wurden. Seine Hauptstadt ist jetzt das Nationalsymbol Indiens

Ashthapadha - acht Züge

Atman - die ewige Seele

Ayodhya - Königreich des Gottes Rama, Held des Epos 'Das Ramayana'

B

Babur - Gründer der Moguldynastie in Indien

Bali - ein Dämon

Bahrupia - Mann mit vielen Verkleidungen

Bapu - Vater; Mahatma Gandhi wurde häufig mit diesem Namen angeredet

Bhagirath - Heiliger, dessen Gebete zur Folge hatten, dass die Göttin Ganges als heiliger Fluss vom Himmel hinunterstieg

Bhikshu - ein hinduistischer oder buddhistischer Mönch

Bhim - der stärkste aller fünf Pandava-Brüder

Bhishti - traditionell ein Wasserträger, der Ziegenfell zur Wasserverteilung benutzt

Bindi - das zur Dekoration von hinduistischen Frauen auf der Stirn getragene Zeichen

Birbal - einer der berühmtesten Hindu-Minister von Akbar

Bodhi-Baum - der Baum der Erkenntnis, unter dem Gautam Buddha Erleuchtung erlangte

Bodhgaya - der Ort, an dem Gautam Erleuchtung erlangte

Bodhisattva - zukünftiger Buddha

Brahma - der erste Gott der hinduistischen Dreieinigkeit; der Schöpfer

Brahmacharya - der Abschnitt des Lebens als Schüler, der sich von Sex und Rauschmitteln fern hält

Brahmanen - die erste Kaste der Priester in der hinduistischen Gesellschaft

Buddha - der Erleuchtete; ein Name, der für Gautam oder Sakyamuni benutzt wird

C

Chakras - Energiezentren entlang der Wirbelsäule

Chamar - Schuhmacher, die einer niedrigen Kaste gehören und auch tote Tiere häuten

Chamundi - zerstörende Gestalt der Göttin

Chandela - die Dynastie des Mondgottes, die die berühmten Khajuraho-Tempel gebaut hat
Chandra - der Mondgott
Chandravarman - Sohn des Mondgottes
Charbagh - ein typischer, durch Wasserkanäle in vier Teile geteilter Garten der Mogulzeit
Chaturanga - das vierseitige Würfelspiel des alten Indiens, das sich schließlich zum Schachspiel entwickelte

D

Dalit - niedrige Kaste
Devdasi - Tempeltänzerin
Dhanvantri - alte Kunst des Lebens und der Heilung
Dharma - Religion und soziale Normen für Hindus, Jains und Buddhisten
Dhritrashtra - Vater von Kauravas
Dhyan - meditieren, konzentieren
Dhobi - Wäscher
Digambara - 'vom Himmel bedeckte' Jain-Mönche, die ohne Kleidung leben
Din-i-Ilahi - Akbars Versuch, alle Religionen gleich zu behandeln
Diwali - wichtigstes hinduistisches Fest, das die Rückkehr des Gottes Rama nach Ayodhya nach 14 Jahren im Exil kennzeichnet
Diwan-i-Am - Saal der öffentlichen Audienz
Diwan-i-Khas - Saal der privaten Audienz
Doli - die Sänfte, die die Braut nach der Hochzeit zum Haus ihres Mannes trägt, heutzutage durch Autos ersetzt
Draupadi - die Frau aller fünf Pandava-Brüder
Drawider - die ursprüngliche Rasse Indiens, jetzt im Süden Indiens konzentrierte
Durbar - Audienz am Hof
Duryodhan - eifersüchtiger Cousin der Pandavas

E

Ek Danta - ein Zahn; der Name, der dem Gott Ganesha gegeben wird
Eunuchen - das dritte Geschlecht, kastrierte Männer oder solche, die mit missgebildeten Geschlechtsorganen geboren wurden

F

Fatehpur Sikri - die im 16. Jahrhundert vom dritten Mogulkaiser Akbar gebaute und später verlassene Statdt
Ferghana - der Geburtsort von Babur, Gründer der Moguldynastie in Indien, jetzt in Usbekistan gelegen
Firman - Hofdokument der Mogulperiode

G

Galli - eine Gasse
Gandhiji - Gandhi, Vater der Nation und Architekt von Indiens Unabhängigkeit, verbreitete die gewaltlose Form des Protests. Die 'Ji'-Nachsilbe wird an indische Namen als Zeichen des Respekts gehängt.
Ganga - der heilige Fluss Indiens
Gaudan - der Brauch, Brahmanen-Priestern nach einer religiösen Zeremonie Kühe zu schenken
Gaumukh - Mund der Kuh; Ausgangspunkt des Ganges
Gautam - Name von Buddha
Gopal - Kuhhirt, beliebter Name des Gottes Krishna
Gopis - Dorfschönheiten, denen Krishnas Zuneigung galt
Grihastha Ashram - der Lebensabschnitt, indem man eine Familie ernährt
Gunas - gute Eigenschaften einer Person
Guptas - hinduistische Dynastie des 4. Jahrhunderts, das als Indiens Renaissance bekannt ist
Guru - Lehrer, derjenige, der den richtigen Weg zeigt, z.B. in der Philosophie, Yoga, Tanz, Musik usw.
Guru Granth Sahib - heiliges Buch der Sikh-Religion, das die Lehren aller zehn

Gurus beinhaltet
Gurukul - Internate des alten Indiens, wo Schüler mit dem Guru während ihrer Entwicklungsjahre lebten

H

Hakim - Arzt des Mittelalters
Hamida Bano - auch als Bega Begum bekannt, Akbars Mutter und Erbauerin von Humayuns Grabstätte
Hanuman - der Affengott, der dem Gott Rama in seinem Kampf gegen den Dämonenkönig Ravana half
Harem - der Teil des Palastes, in dem die Frauen lebten
Harijan - Kinder Gottes', ein Name von Mahatma Gandhi, um die Angörigen der niedrigen Kaste anzusprechen.
Hatha Yoga - eine der vier Hauptschulen des Yoga, das körperliche Übungen einschließt
Himalaya - der Tempel/das Haus des Schnees, die höchste Gebirgskette der Welt
Hinayana - „der Weg der Älteren" Die Schule des Buddhismus, der Betonung auf der klösterlichen Lebensweise legt
Hindustan - das Land auf der anderen Seite des Flusses Indus; Name für Indien im Mittelalter
Hijras - Eunuchen oder Hermaphroditen
Holi - Hindu-Fest der Farben
Humayun - der zweite Mogulkaiser; seine Grabstätte liegt im Nizamuddin-Stadtteil von Delhi

I

Ibrahim Lodhi - Herrscher der Lodhi-Dynastie, der im Kampf von Panipat von Babur, dem Gründer des Mogulreiches, getötet wurde
Imabat Khana - Haus zur Diskussionen religiöser Philosophien
Indra - der Regengott

J

Jain - Minderheitenreligion in Indien, die alle Lebensformen respektiert
Jama Masjid - die Freitagsmoschee
Janampatri - ein Schriftstück, das die Positionen der Planeten zur Zeit der Geburt aufzeichnet und vom Familienpriester interpretiert wird
Jata - Rastalocken eines Sadhus
Jatayu - ein Geier, der mit dem Dämonen Ravana kämpfte
Jaya - Sieg
Jharokha - der Balkon, auf dem ein König vor der Öffentlichkeit erscheint
Jazya - Steuer für Nichtmoslems
Jihad - heiliger Krieg im Namen des Islam
Jina - der Eroberer
Juna Akhara - eine Sekte der Sadhus
Jyoti - die Flamme der Erkenntnis

K

die Ks der Sikhs - 1. Kanga (Kamm); 2. Kirpan (Dolch); 3. Kachcha (Unterkleidung); 4. Kesh (langes Haar); and 5. Kara (Stahlarmband)
Kalidasa - der große indische Dichter des 4. Jahrhunderts
Kalinga - Königreich in Ostindien
Kalyuga - dunkles Zeitalter, in dem Unrecht das Recht beherrscht
Kamandal - eine von den heiligen Männern getragene Schale, in die ihre Almosen gelegt werden
Kamdhenu - die Kuh, die Wünsche erfüllt
Kansa - ein Dämon, der Baby Krishna töten wollte
Kar Seva - freiwillige von den Sikhs ausgeführte Arbeit
Kasturba - Gandhis Frau
Kauravas - die 100 Brüder, die mit den Pandavas - Brüdern in der Schlacht des Mahabharata kämpften
Kesari - die Safran-Farbe
Khichri - Gericht aus Reis und Linsen
Kshatriyas - die zweite Kaste der Hindus,

die der Krieger- und herrschenden Klasse angehört

Kumbh Mela - alle 12 Jahre gefeiert, die größte Versammlung indischer heiliger Männer

Kurma - die Verkörperung des Gottes Vishnu als Schildkröte

Kundalini - die schlafende Energie, die am unteren Ende der Wirbelsäule liegt

Kurukshetra - der Platz, wo der Kampf des Mahabharata ausgetragen wurde

L

Lanka - das Königreich des Dämonenkönigs Ravana

Langar - kommunale Mahlzeiten, die in den Sikh-Tempeln angeboten werden

Lakshman - Ramas Bruder

Lakshmi - die Göttin des Reichtums

Lehenga - Rock, der von indischen Frauen besonders zu Hochzeiten getragen wird

Lingam - die Phallus-Darstellung des Gottes Shiva

Lota - kleiner Wassertopf

Lumbini - Buddhas Geburtsort

M

Mahabharata - der epische Krieg zwischen den Pandavas und ihren Vettern, den Kauravas

Mahal - Palast

Maharadscha - Großkönig

Maharani - Frau des Großkönigs

Mahavira - der letzte der Jain-Propheten

Mahayana - das große Rad des Gesetzes, die zweite buddhistische Sekte

Mahayogi - jemand, der Yoga gemeistert hat

Mahout - Elefantentreiber

Makrana - Stadt in der Nähe von Jaipur, wo der weiße Marmor für die Taj Mahal abgebaut wurde

Malabar - die Westküste Indiens

Mangal - glückverheißend

Manglik - die unter dem Einfluss des Mars Geborenen

Manthan - das Peitschen der Meere durch die Dämonen und die Götter

Manu - der erste Mensch in der hinduistischen Mythologie

Marwar - Land der Toten, der Staat Jodhpur

Mast - wenn Elefanten aus der Kontrolle geraten

Math - religiöse Zentren

Matsya - Fischverkörperung von Vishnu

Maya - illusion

Mela - Fest

Mewar - das Königreich der stolzen Maharanas

Mishri - grobe Zuckerkristalle

Mithuna - kopulierende Figuren der Khajuraho Tempel

Mithai - indische Süßigkeiten

Moksha - Befreiung

Moolah - Das Geld

Mubarak - Begrüßung

Mudra - Handgesten mit verschiedenen Bedeutungen

Muezzin - jemand, der zum Gebet ruft

Mogul - moslemische Dynastie, die über Indien vom 16. bis 18. Jahrhundert herrschte

Mysore - Staat in Südindien, der für Sandelholz berühmt ist

N

Nadis - Energiekanäle

Naga - Kobra

Nakul - einer der Pandava-Brüder

Namaste - indischer Gruß

Nanak - Gründer der Sikh-Religion

Nandi - der Stier, Shivas offizielles Fortbewegungsmittel

Nara - Wasser

Narasimha - Vishnus Verkörperung als Löwenmann

Narayan - der Gott Vishnu

Neelkanth - der Blauhalsige; Gott Shiva

NRI - nicht-ansässiger Inder, der Ausgebürgerte

O

Om - kosmischer Klang, der zum Gebet und zur Meditation benutzt wird
Omkar - der Gott Shiva

P

Padma - Lotus
Padmapani - Bodhisattva mit Lotus
Padmasana - der Lotussitz
Pali - alte indische Sprache
Panda - Brahmane, Priester
Pandava - fünf Brüder, Helden des Epos *Mahabharata*
Panj Pyaare - die ersten fünf Schüler Guru Govind Singhs, die zum Khalsa Panth getauft wurden
Panipat - eine Stadt 70 km nördlich von Delhi, wo die Lodhi-Dynastie den Moguln unterlag
Parshurama - die 6. Verkörperung von Vishnu
Parshavanath - der 23. Jain-Prophet, dessen Statuen mit einem Schirm aus Kobras dargestellt sind
Pavan - der Windgott
Pheras - die Runden, die bei der Hochzeit gedreht werden mit dem Feuer als Zeugen
Porbandar - kleine Stadt in Gujarat, wo Gandhiji geboren wurde
Prana - lebensspendende Kraft
Pranayama - Atemübung beim Yoga
Prayag - der Zusammenfluss der Flüsse Ganges, Jamuna und Saraswati in der Stadt Allahabad
Prithvi - Erdgöttin
Puja - religiöse Zeremonie der Hindus
Punjab - fruchtbare Region Nordindiens, Heimat der Sikhs und Punjabis
Puranas - alte Handschriften des Hinduismus
Pushkar - Pilgerzentrum in der Nähe der Stadt Ajmer, berühmt für den Brahma-Tempel und den jährlichen Kamelmarkt

Q

Quila - das Fort

Quila Mubarak - das Rote Fort von Delhi

R

Rahul - Buddhas Sohn
Raja - König, Verwalter
Raja Yoga - Schule des Yoga
Raj Ghat - die Gedenkstätte von Mahatma Gandhi in Delhi, wo er kremiert wurde
Raj Tilak - die Krönungsfeierlichkeiten eines Maharadschas
Rajput - der Krieger-Klan Westindiens
Rana - der Krieger-Klan Nepals
Rana Sangha - mutiger Herrscher von Mewar, der sich weigerte, sich der moslemischen Armee zu ergeben
Rangeela - der Spitzname von Mohammed Shah, Herrscher Delhis, der sich wilden Feiern sogar unter Beschuss hingab
Rangun - Hauptstadt Myanmars (Birmas)
Ravana - der Dämonenkönig von Lanka
Roti - aus Weizenmehl gemachtes indisches Brot
Rudra - der aufgebrachte Shiva

S

Sabha und Samiti - Dorfgemeinschaft der Ältesten
Sadhu - indischer heiliger Mann
Sahadeva - einer der fünf Pandava-Brüder
Sakya - Buddhas Klan
Salim Chishti - Sufi-Heiliger, dessen Segen dem kinderlosen Kaiser Akbar einen Thronerben, Prinz Salim, bescherte. Akbar ließ Fatehpur Sikri als Zeichen des Respekts bauen und machte sie für 13 Jahre zu seiner Hauptstadt
Samadhi - Denkmal
Samagri - verschiedene Gegenstände, die zur hinduistischen religiösen Zeremonie erforderlich sind
Samarkand - die ehemalige Hauptstadt der Moguln
Sangha - religiöse Versammlung der buddhistischen Mönche
Sanskrit - alte indische Sprache der Priester, die die Mutter aller

indoeuropäischen Sprachen sein soll

Saraswati - Göttin der Erkenntnis, die Frau des Gottes Brahma

Sari - indische Frauenkleidung

Sarnath - Deer Park, wo Buddha seine erste Predigt hielt

Satyagraha - Gandhis Bewegung der Gewaltlosigkeit gegen die Briten

Sesha Naga - tausendköpfige Kobra, dient auch als Bett des Gottes Vishnu

Sevadar - Sikh beim Gemeinschaftsdienst

Shah Jahan - der fünfte Herrscher der Mogul-Dynastie und Erbauer der Taj Mahal

Shahi Snan - das königliche Bad der Sadhus während der Kumbha Mela

Shakti - Manifestation der weiblichen Energie als zerstörende Kraft

Shankh - Muschelhorn, eines von Vishnus Erkennungszeichen

Shariyat - moslemisches Gesetz

Sher Shah Suri - afghanischer Herrscher Bengals, der Humayun, den zweiten Mogulkaiser, stürzte. Sher Shah Suri baute ein ausgezeichnetes Straßennetzwerk auf. Die berühmteste war die Große Amtsstraße, die sich von Kalkutta nach Kabul erstreckte

Shikar - die Jagd

Shikhar - Spitze eines Hindu-Tempels, unter der die Hauptgottheit des Tempels sitzt

Shilpa Shastra - alte Schriften zur Architektur

Shiva - der dritte Gott der hinduistischen Dreieinigkeit; der Gott der Zerstörung und der Schöpfung

Sindh - Region im Süden Pakistans

Sindoor - rotes Puder, das verheiratete Frauen auf dem Scheitel auftragen

Sis Ganj - Sikh-Tempel in Alt-Delhi, wo der neunte Guru vom Mogulkaiser Aurangzeb enthauptet wurde

Sita - die Frau des Gottes Rama

Sufi - Sekte der Mystiker der Moslems

Suhaag Raat - die erste Nacht nach der Hochzeit

Sultanate - Teil der indischen Geschichte zwischen dem 14. und 16. Jahrhundert

Surabhi - die Kuh des Überflusses

Sura – ein Dämon

Surya - der Sonnengott

Svetambara - Sekte in Weiß gekleideter Jain-Mönche

T

Tansen - klassischer Sänger während Akbars Regierungszeit

Tapasvi - jemand, der sich der Buße unterzieht

Thangka - buddhistisches Gemälde, das Mandalas zeigt

Das Ramayana - das bedeutendste der Hindu-Epen

Tilak - Zeichen auf der Stirn nach einer religiösen Zeremonie

Tirtha - Pilgerzentrum

Tirthankar - Prophet der Jains

V

Valmiki - übersetzte das Epos Ramayana von Sanskrit in die Gemeinsprache

Vanar Sena - die Armee der Affen, die sich Ramas Armee anschloß

Vanaprastha ashram - Phase des Lebens, wenn man jeglichen Luxus aufgibt und auszieht, um im Dschungel zu leben

Varmala - Blumengirlanden, die der Bräutigam und die Braut austauschen

Varna - Farbe, Kaste

Wesir - Minister

Vedas - alte indische Schriften, Bücher der Erkenntnis

Vedische Periode - die Zeit, als die Vedas geschrieben wurden

Vibhuti - heilige Asche

Vishnu - Gott der Bewahrung; der zweite Gott der hinduistischen Dreieinigkeit

Z

Zenana - Teil des Hauses oder Palasts, in dem die Frauen wohnten

INDEX